I0642848

TÉLÉMAQUE,

Premier livre,

TRADUCTION EN VERS FRANÇAIS;

SUIVIE D'ÉPIGRAMMES CHOISIES

DE MARTIAL,

MÊME TRADUCTION AVEC LE LATIN EN REGARD;

OUVRAGE DÉDIÉ A LA JEUNESSE,

Par M. Bouriaud, aîné,

Professeur de Mathématiques au Lycée de Limoges,
et ancien Professeur aux Écoles centrales.

Matronæ, puerique, virginesque,
Vobis pagina nostra dedicatur.
Mart. L. V.

————————

LIMOGES,

Chez BARGEAS, Imprimeur-Libraire, rue Ferrerie.

Juin 1814.

Je place cet ouvrage sous la sauve-
garde des lois, dénonçant comme contrefait
tout exemplaire qui ne portera pas ma
signature. Les exemplaires voulus par la
loi, ont été fournis.

TÉLÉMAQUE,

Premier Livre,

TRADUCTION EN VERS FRANÇAIS.

SOMMAIRE.

TÉLÉMAQUE, conduit par Minerve déguisée sous les traits de Mentor, aborde, après un naufrage, dans l'île de Calypso. Cette déesse le reçoit favorablement, lui offre l'immortalité. Elle lui demande ses aventures. Télémaque raconte son voyage à Pylos et à Lacédémone, son naufrage sur la côte de Sicile, le péril où il fut d'être immolé avec Mentor aux mânes d'Anchise, le secours qu'ils donnèrent, contre des barbares, au roi Aceste, qui, pour reconnaître leurs services, leur fit équipper un vaisseau tyrien, pour les ramener à Ithaque.

~~~~~~

TÉLÉMAQUE.

CHANT PREMIER.

Ulysse (1) était parti. Dans sa douleur cruelle
Calypso nuit et jour pleurait d'être immortelle :
La mort seule, la mort eût pu la consoler.
Ses nymphes dans le deuil n'osaient plus lui parler ;
Plus de jeux, plus de chants : témoins de sa souffrance ,
Les oiseaux affligés imitaient son silence. .
Tantôt seule elle errait sur les gazons fleuris
Qu'un printemps éternel dans son île a nourris ;
Mais ces fleurs, ces gazons parlaient de l'infidèle,
Que jadis elle y vit tant de fois auprès d'elle :

---

(1) Ulysse, fils de Laërte et d'Anticlée, était roi d'Ithaque. Il
épousa Pénélope, fille d'Icare; de leur union naquit *Télémaque*,
le héros de ce poème. Revenant du siége de Troye, Ulysse erra dix
ans sur les mers avant de revoir sa patrie, et ce fut dans ce voyage,
qu'une tempête le jeta contre les rochers de l'île d'Ogygie, où la
déesse Calypso, fille d'Atlas et de Thétis, le retint sept ans, dans
les vues de l'épouser. Un ordre supérieur l'ayant forcée à le ren-
voyer, elle ne pouvait se consoler d'un départ qu'elle attribuait à
la jalousie des autres Dieux. L'île d'Ogygie, aujourd'hui Gozo, est
un peu au-dessus de Malte, entre l'Afrique, et le promontoire de
Sicile, appelé Pachine. (*Télémaque, édit. de Lausane,* 1762.)

Loin de calmer les maux qui déchiraient son cœur,
Ces sites ravissans aggravaient sa douleur.
Tantôt on la voyait demeurer immobile
Sur les rocs sourcilleux qui couronnaient cette île,
Et fixer constamment ses regards vers les lieux
Où la fatale nef disparut à ses yeux.

TOUT-A-COUP elle voit, épars sur le rivage,
Les débris d'un vaisseau perdu dans un naufrage;
Un mât, un gouvernail, des rames et des bancs,
Sur le bord de la mer des cordages flottans,
Et deux hommes au loin. L'un touche à la vieillesse,
L'autre, quoique à la fleur d'une tendre jeunesse,
Rappelle à son amour un héros vertueux;
Sa douceur, sa fierté, son port majestueux.
La déesse aussitôt reconnaît *Télémaque*,
Le dernier rejeton des anciens rois d'*Ithaque.*
Alors, par la douleur ulcéré si long-temps,
Son cœur se rouvre enfin aux plus doux sentiments.
Mais, quoique de bien loin les Dieux en connaissance
Surpassent des humains la faible intelligence,
Elle voit Télémaque, et ne devine pas
Quel mortel vénérable accompagne ses pas.
Sous les traits de Mentor (1) c'était Minerve même :
Des Dieux supérieurs la majesté suprême

_____

(1) Mentor était un des amis d'Homère, qui, pour éterniser son
nom, l'a placé dans l'Odyssée, par reconnaissance du bon accueil
qu'il en reçut à Ithaque; à son retour d'Espagne. Ce poète en fait

Aux Dieux du second rang cache ce qu'il lui plaît :

Sous ces humbles dehors la *Sagesse* voulait

Se couvrir en tous lieux du plus épais nuage.

CEPENDANT Calypso jouissait d'un naufrage,

Qui mettait dans son île un héros, dont les traits

Lui rappelaient si bien l'objet de ses regrets...

Elle avance, feignant de ne pas le connaître :

« Dans mon île, imprudent, osez-vous bien paraître,

« Lui dit-elle ? d'où vient tant de témérité ?

« Vous en serez puni, comme l'ont tous été

« Les mortels qui n'ont pas respecté mon empire. »

Sous ces mots menaçants, qu'un feint courroux inspire,

Elle pense cacher les sentiments joyeux,

Qui, malgré sa contrainte, éclatent dans ses yeux.

TÉLÉMAQUE répond, modeste avec noblesse :

« O qui que vous soyez, ou mortelle ou déesse !

« Quoique, à votre démarche, à votre majesté,

« Tout nous décèle en vous une divinité ;

« Seriez-vous insensible à la douleur profonde

« D'un fils qui cherche un père à la merci de l'onde,

« Et qui voit son vaisseau brisé par vos rochers ? » —

« Quel est, dit Calypso, celui que vous cherchez ? » —

un des plus fidèles amis d'Ulysse, et celui à qui, en s'embarquant
pour Troye, ce prince avait confié le soin de sa maison. Fénélon
continue la même fiction, et dit, pour donner plus de poids à ses
préceptes, que Mentor était la Sagesse ou Minerve elle-même, cachée
sous les traits de ce vieillard ; elle ne se laisse reconnaître au jeune
héros, que sur la fin du poème.

« Le plus sage des grecs, repartit Télémaque;

« Le monde entier connaît Ulysse, roi d'Ithaque,

« L'un des rois qui, vengeant leurs Dieux, leur nation,

« Ont enfin renversé le superbe Ilion.

« Aux camps on admira ses exploits, sa vaillance,

« Plus encore aux conseils sa force et sa prudence;

« Maintenant poursuivi de revers en revers,

« En butte à mille écueils, il erre sur les mers :

« Sans cesse devant lui semble fuir sa patrie.

« Télémaque son fils, une épouse chérie

« Dès long-temps attendaient l'instant de le revoir;

« Ne nous reste-t-il plus qu'un cruel désespoir?

« En quels lieux serait-il? Je cours, pour le connaître,

« Mêmes dangers que lui; mais que dis-je? Peut-être,

« Au moment où je parle, il est au fond des flots...

« Grands Dieux! auriez-vous mis le comble à tant de maux?

« Ah! dans votre pitié voyez notre détresse!..

« De grâce savez-vous, ô puissante déesse,

« Tout ce que les destins pour Ulysse ont permis?

« Daignez, je vous conjure, en instruire son fils.

   LA déesse à ces mots étonnée, attendrie

De voir tant de sagesse au printemps de la vie,

Le regarde, et ne peut rassasier ses yeux;

En lui tout lui parait inspiré par les Dieux:

Quelle mâle vertu! Quelle vive éloquence!

« Jeune héros, dit-elle, en rompant le silence,

« Que vous m'intéressez! Que je plains vos douleurs!

« J'ai connu votre père, et j'ai su ses malheurs :

« Ulysse est pour toujours gravé dans ma mémoire...

« Mais il serait trop long d'en raconter l'histoire :

« Venez dans ma demeure, et goûtez le repos

« Dont vous avez besoin après tant de travaux.

« Vous me consolerez dans cette solitude ;

« Faire votre bonheur sera ma seule étude,

« Comme mon propre fils désirant vous traiter,

« Je veux vous rendre heureux, sachez le mériter. »

ELLE dit. La déesse est soudain entourée

D'une brillante cour dont elle est adorée :

Chaque nymphe la suit d'un œil respectueux,

Elle élève au-dessus un front majestueux ;

Tel, aux champs de Dodone, un prophétique chêne

Se portant vers les cieux domine sur la plaine.

Télémaque auprès d'elle admirait sa beauté,

Et le feu de ses yeux, et leur vivacité

Que semblait tempérer une douceur touchante,

La pourpre qui brillait sur sa robe flottante,

Ses superbes cheveux noués négligemment.

Mentor les yeux baissés le suivait lentement,

En marchant il gardait un modeste silence.

ON arrive à la grotte. Avec une apparence

De la simplicité du monde en son berceau,

On y voit ce que l'œil peut trouver de plus beau :

Télémaque est surpris. Ce ne sont ni colonnes,

Ni marbres, ni tableaux, ni festons, ni couronnes ;

Il semble qu'en ces lieux on ne sait pas encor

Ce que l'art peut tirer de l'argent et de l'or.

Dans les flancs d'un rocher cette grotte est taillée,
Des trésors de la mer sa voûte est émaillée;
Coquillages brillants et rocailles d'iris (1)
Y répandent l'éclat de l'écharpe d'Iris.
En tapis verdoyant la vigne jeune et tendre
Se plie et se replie, et se plaît à s'étendre.
Le zéphir entretient, dans ce charmant séjour,
La fraîcheur du printemps malgré les feux du jour;
Et dans des prés fleuris, avec un doux murmure,
Des fontaines roulant une onde toujours pure,
Sur un sable doré forment en divers lieux,
En bassins de cristal, des bains délicieux.
D'un gazon diapré toujours environnée,
D'amarantes, de lis cette grotte est ornée.
　　Là croît un vaste bois d'arbres aux pommes d'or,
Arbres touffus, chargés d'un éternel trésor.
De saison en saison leur fleur naissant plus belle
Donne de ses parfums l'odeur toujours nouvelle :
Couronnant la prairie, ils donnent alentour
Une ombre impénétrable aux traits du Dieu du jour.
Les fougueux aquilons, respectant ces rivages,
Vont apporter au loin la foudre et les orages.
On n'entendit jamais que le chant des oiseaux,
Le murmure des vents, et le bruit des ruisseaux,
Qui, se précipitant du haut d'une montagne,
Roulent à gros bouillons à travers la campagne;

---

(1) Iris, pierre précieuse.

De détours en détours multipliant leurs jeux,
Ils semblent à regret s'échapper de ces lieux.

CETTE grotte, au penchant d'une douce colline,
Offre à tous les aspects sa structure divine ;
De là, tranquillement assis sur le gazon,
On découvre au lointain un immense horizon.
Tantôt on voit la mer claire, unie et tranquille,
D'un cristal transparent environner cette île,
Et sa vague tantôt, s'élevant comme un mont,
Follement irritée, avance, roule, et fond
Sur les rocs escarpés où se brise l'orage,
Et l'abîme en grondant sent expirer sa rage :
On frissonne... on frémit... Mais, d'un autre côté,
Une belle rivière offre à l'œil enchanté
Les groupes variés de cent îles charmantes :
Là des tilleuls fleuris les têtes odorantes,
Là de hauts peupliers, en superbes rideaux,
Portent jusques aux cieux leurs fronts pyramidaux ;
Des collines, des monts d'une teinte bleuâtre
Forment dans le lointain un vaste amphithéâtre ;
Quoique bizarre, il plaît par ses tableaux divers.
Sur les côteaux voisins des pampres toujours verts
Couvrent de leurs festons un immense treillage ;
La pourpre du raisin triomphe du feuillage :
Sous le poids de son fruit on voit le cep plier.
Dans les champs la nature aime à multiplier
Les arbres réunis de l'un et l'autre monde,
Et fait un grand jardin de cette île féconde.

.Tant de beautés charmaient les regards du héros,
La déesse lui dit : « prenez quelque repos,
« Vos habits ont souffert d'un funeste naufrage ;
« Avec ce bon vieillard traversez ce bocage,
« A la grotte voisine allez, il en est temps,
« J'ai fait tout préparer ; prince, je vous attends
« Pour vous entretenir d'une touchante histoire,
« Vous en serez ému, mon cœur aime à le croire. »
    Dans la grotte aussitôt elle les introduit.
Ses nymphes, par son ordre, au plus secret réduit
Avaient fait un grand feu du bois d'un cèdre antique
Dont s'exhalait partout l'odeur aromatique ;
Elles avaient laissé, pour leurs hôtes nouveaux,
Des habits, de leurs mains magnifiques travaux.
Télémaque admirait leur éclat, leur finesse,
(On eût bien pu sans doute excuser sa jeunesse)
Tunique de beau lin, robe de pourpre et d'or.
    « Télémaque, est-ce là, lui dit le vieux Mentor,
« Ce qui doit occuper le fils du grand Ulysse ?
« Faut-il jusqu'à ce point que son cœur s'avilisse ?
« Songez plutôt, songez à vaincre le courroux
« Du sort qui vous poursuit, et s'acharne après vous ;
« Songez à soutenir le nom de votre père.
« Un jeune efféminé, que l'on voit se complaire
« Aux frivoles atours dont il veut se parer,
« Est toujours à la gloire indigne d'aspirer :
« La gloire est pour celui qui, supportant la peine,
« Saura des plaisirs vains fuir la honteuse chaîne. »

Télémaque soupire : « ah! mille fois périr,

« Oui, dit-il, mille fois, plutôt que de souffrir

« Que de mon cœur s'empare une indigne mollesse!

« Le fils du grand Ulysse aurait-il la faiblesse

« De laisser dans son âme entrer la volupté?

« Ne le soupçonnez pas de tant de lâcheté...

« Mais à quelle faveur devons-nous l'avantage

« De rencontrer enfin, après notre naufrage,

« L'objet chéri des cieux, qui nous comble de biens? »

    « Craignez, reprit Mentor, craignez, je vous préviens,

« Qu'un déluge de maux sur vous ici ne fonde!

« La fureur des autans, et le courroux de l'onde

« Sont moins à redouter que de feintes douceurs :

« Le naufrage, la mort dans toutes ses rigueurs,

« Sont moins pernicieux que la triste influence

« Des plaisirs, qui toujours attaquent l'innocence ;

« Lorsque loin de Mentor elle vous parlera

« Gardez-vous de rien croire à ce qu'elle dira.

« La jeunesse est, hélas! vaine et présomptueuse ;

« Suivant aveuglément sa fougue impétueuse,

« Sur elle, sur sa force elle compte partout ;

« Quoique faible et fragile, elle croit pouvoir tout ;

« Légère, confiante, incapable de feindre,

« Elle croit que jamais elle n'a rien à craindre.

« Fermez, fermez l'oreille à des discours flatteurs,

« Qui, comme des serpents, glisseront sous des fleurs,

« C'est un poison caché : gardez-vous de vous-même,

« Attendez les conseils du vieillard qui vous aime. »

ILs retournent ensuite auprès de Calypso :
Deux nymphes cependant, Panopée et Spio
S'avancent au milieu du plus brillant cortège ;
Leurs habits effaçaient la blancheur de la neige.
Repas simple et frugal est soudain apprêté,
Mais exquis pour le goût, et pour la propreté.
Oiseaux, qu'en leurs filets elles savent surprendre,
Se trouvent réunis au gibier fin et tendre,
Sur qui leurs belles mains, dans les champs, dans les bois,
Aux fêtes de Diane, épuisent leurs carquois.
En-belle symétrie on voit dans des corbeilles
Des fruits délicieux étaler les merveilles
Que le printemps promet, que l'automne répand :
Un nectar empourpré, des grands vases d'argent
Coule en des tasses d'or de fleurs environnées.
Quatre nymphes bientôt de pampre couronnées,
Réveillent par leurs chants les échos d'alentour :
Elles chantent le ciel, la terre, tour-à-tour,
Le siècle de Rhéa, les biens du premier âge ;
Passent rapidement à l'impuissante rage
Des enfans de la terre escaladant les cieux,
A la chute des monts, au triomphe des Dieux.
Elles chantent Bacchus, son gouverneur Silène,
Sémélé, Jupiter, et l'heureux Hippomène
Qui vainquit Athalante avec des pommes d'or,
La guerre d'Ilion, Achille, Ajax, Nestor,
Ulysse, ses exploits, sa vertu consommée ;
Leurs voix jusques aux cieux portent sa renommée.

TÉLÉMAQUE à ce nom est saisi de douleur,
Ulysse a retenti jusqu'au fond de son cœur;
Soudain de ses beaux yeux on voit couler des larmes
Qui, tombant sur sa joue, ajoutent à ses charmes :
Calypso l'aperçoit, fait un signe; à l'instant
Sur de nouveaux accords d'abord on les entend
Chanter le fier Lapithe, et le cruel Centaure,
Un prince (1) ranimé par le Dieu d'Épidaure,
Et le divin Orphée allant aux sombres bords
Arracher Euridice à l'empire des morts :
Cloris y mariait les doux sons de sa lyre.

A l'écart cependant Calypso se retire,
Télémaque la suit : « digne fils d'un grand roi!
« Vous voyez les honneurs que l'on vous rend chez moi;
« De ce charmant séjour je suis reine, dit-elle,
« J'ai pour mère Thétis, et je suis immortelle.
« Celui qu'un fol orgueil dans mon île a porté,
« Est à l'instant puni de sa témérité;
« Si je ne vous aimais, votre naufrage même
« Ne vous soustrairait pas à ma vengeance extrême :
« Ulysse votre père eut aussi ce bonheur;
« Hélas ! il ne sut pas jouir de ma faveur.
« Long-temps je l'ai gardé dans cette solitude;
« Aurais-je dû m'attendre à son ingratitude?
« Il n'a tenu qu'à lui d'y rester immortel,
« Avec moi partageant un empire éternel;

---

(1) Hyppolite.

« Mais il voulut revoir sa misérable Ithaque,
« Ce désir l'aveuglait. Vous voyez, Télémaque,
« Tout ce qu'il a laissé, tout ce qu'il a perdu,
« Pour un pays fatal qu'il n'a jamais revu.
« Il voulut me quitter, il partit; la tempête,
« Tout près de ces rochers, me vengea sur sa tête :
« Devenu le jouet des autans furieux,
« Son vaisseau dans les flots se perdit à mes yeux.
« Il n'est plus; profitez d'un exemple funeste,
« Après sa triste fin voyez ce qui vous reste.
« Héros infortuné ! pouvez-vous concevoir
« La possibilité de jamais le revoir,
« De jamais remonter au trône de vos pères ?
« Jouissez avec nous de destins plus prospères,
« Laissez vous consoler. Une divinité
« Veut faire en ces beaux lieux votre félicité :
« Dans le vif intérêt que votre sort m'inspire,
« En vous offrant ma main, je vous offre un empire. »
    Que de regrets amers ! quels reproches nombreux !
Pour lui prouver combien son père fut heureux,
Quels tableaux séduisants ! quelles vives peintures !
D'Ulysse elle lui dit toutes les aventures,
Elle n'oublia rien; elle lui rappela
La fille du soleil, et Carybde et Sylla,
Polyphème, Antiphate, et le dernier naufrage
Qui l'engloutit, dit-elle, à l'aspect du rivage ;
Surtout elle voulait qu'il crût à son trépas :
Il était à Schérie (1), elle n'en parlait pas.

_____

(1) Corfou, autrefois île des Phéaciens.

L'ACCUEIL avait d'abord charmé le fils d'Ulysse ;
De Calypso bientôt il voit tout l'artifice,
Un instant a suffi pour dessiller ses yeux.
Prévoyant quel danger le menace en ces lieux,
Des conseils de Mentor il conçoit la sagesse.
Enfin, en peu de mots, il répond : « ô déesse !
« Pardonnez, je vous prie, excusez ma douleur,
« Je me sens accablé du poids de mon malheur !
« Un jour peut-être, un jour, si les cieux le permettent,
« Tout ce que vos bontés aujourd'hui me promettent,
« Je pourrai le goûter... Dans l'état où je suis,
« M'affliger et me plaindre est tout ce que je puis.
« Mon père !.. cher objet d'éternelles alarmes !..
« Vous savez mieux que moi s'il mérite des larmes. »
Rappelant toutefois le discours de Mentor,
Sur les destins d'Ulysse il espérait encor.

LA déesse, n'osant le presser davantage,
Dans sa douleur d'abord feint d'entrer en partage,
Se reproche les maux qu'elle lui fait souffrir,
Et sur le sort d'Ulysse est prête à s'attendrir.
Mais pour connaître mieux, dans l'ardeur qui l'enflamme,
Les moyens d'émouvoir et de toucher son âme :
« Racontez-moi, dit-elle, ô prince aimé des cieux,
« Par quels événements vous êtes en ces lieux ?
« Donnez-moi les détails de ce triste voyage,
« Depuis votre départ jusqu'à votre naufrage. » —
« L'astre du jour, dit-il, rentrerait dans les flots,
« Je n'aurais pas fini le récit de mes maux ;

2

« Daignez me dispenser d'une pénible histoire,

« Je voudrais pour toujours en perdre la mémoire. » —

« Non, non, dit la déesse, à mon ardent désir

« Pourriez-vous aujourd'hui refuser d'obéir ?

« Parlez, cher Télémaque. » Elle insiste, elle presse.

« Vous l'ordonnez, dit-il, ô puissante déesse !

« Je me rends à vos vœux. » Il commence en ces mots :

« J'étais, sortant d'Ithaque, allé près des héros

« Revenus d'une longue et trop funeste guerre,

« Moi-même m'informer des destins de mon père.

« Mon départ étonna de perfides amants,

« D'une mère éplorée ambitieux tyrans :

« Connaissant leurs desseins, et craignant leur poursuite,

« J'avais caché le jour et le lieu de ma fuite.

« Arrivant à Pylos, j'y rencontrai Nestor,

« Ce vieillard valeureux, plus éloquent encor :

« Ménélas m'accueillit d'une amitié sincère ;

« Mais ils ne savaient rien sur le sort de mon père.

« Lassé de vains efforts répétés si long-temps,

« Et de vivre toujours incertain, en suspens,

« Je résolus enfin d'aller dans la Sicile ;

« Ulysse, était, dit-on, arrivé dans cette île.

« Mais ce vieillard, qu'ici vous voyez près de nous,

« Mentor, en m'arrêtant, me dit : « Où courez-vous,

« Cher Télémaque, hélas ! que prétendez-vous faire ?

« Put-on jamais former dessein plus téméraire ?

« Pouvez-vous bien oser, sans être épouvanté,

« Des cyclopes affreux braver la cruauté,

« Affronter ces géants, peuples d'antropophages ?

« Ah! prince, redoutez ces funestes parages :

« Énée y descendit; la flotte des troyens

« Remplit en ce moment les ports siciliens;

« Qu'avec plaisir, surtout du fils du grand Ulysse

« A leurs Dieux ils feraient un cruel sacrifice!

« Retournez en Ithaque en sortant de ces lieux;

« Peut-être votre père, aimé toujours des Dieux,

« Au même instant que vous sera dans sa patrie :

« Et s'il ne peut revoir cette terre chérie,

« Si le ciel le défend, respectez-en les lois ;

« Délivrez Pénélope, et, réclamant vos droits,

« Sur le trône placez la vertu, la sagesse ;

« Faites vous admirer des peuples de la grèce ;

« Et d'Ulysse à leurs yeux montrez le digne fils. » —

    « SALUTAIRES conseils! les eussé-je suivis !

« J'étais trop imprudent pour vouloir les entendre,

« L'aveugle passion me fit tout entreprendre.

« Malgré tous les écarts de ma témérité,

« Mentor m'aimant toujours ne m'a jamais quitté;

« Les Dieux ne permettaient ce sinistre voyage,

« Que pour me corriger, et régler mon courage. »

    CALYPSO cependant fixait toujours Mentor :

Son air grand, et son front plus vénérable encor,

Ses yeux remplis de feu, son silence modeste,

Avaient, je ne sais quoi, de divin, de céleste.

Les soupçons inquiets croissaient de plus en plus :

Ne pouvant démêler ses sentiments confus,

La déesse souffrait d'une cruelle étreinte.

Enfin, appréhendant de trahir sa contrainte :

« Continuez, dit-elle, un si touchant récit,

« Satisfaites mon cœur. » Télémaque reprit.

    « LE signal est donné, nous quittons ces rivages,

« Et le Péloponèse a fui dans les nuages :

« Long-temps nous jouissons du calme le plus beau,

« Sur les flots le zéphir pousse notre vaisseau.

« Tout-à-coup la tempête avance et fond sur l'onde,

« La nature frémit, sous nous l'abîme gronde,

« Sur nous la foudre éclate, et d'un ciel ténébreux

« Mille horribles éclairs sont les astres affreux : .

« Nous voyons, à travers leur lueur effrayante,

« Des vaisseaux assaillis de la même tourmente,

« C'est la flotte d'Énée : une sombre terreur

« Me pénètre à l'instant d'une secrète horreur.

« Je comprends, mais trop tard, ô puissante déesse !

« Les imprudents transports de ma folle jeunesse.

    « MAIS Mentor toujours ferme au milieu du danger,

« M'approche, en souriant, et vient m'encourager;

« Il inspire à mon âme une force invincible.

« Le pilote est troublé, le vieillard impassible

« Dirige les rameurs, ses ordres sont suivis. —

« Ai-je pu, cher Mentor, mépriser vos avis;

« Lui dis-je, et ne vouloir écouter que moi-même?

« Tout ici me confond, et ma honte est extrême,

« D'une affreuse lueur je me vois éclairé.

« Misérable jeunesse ! âge inconsidéré !

« D'un avenir douteux funeste imprévoyance !

« D'un passé toujours sûr triste inexpérience !

« O dangereux attraits d'un présent séducteur !

« Si des Dieux bienfaisants le secours protecteur

« A ce pressant péril me permet de survivre,

« C'est vous seul, cher Mentor, vous seul que je veux suivre,

« Et me fuyant moi-même à vous seul m'attacher. —

    « JE ne viens point, dit-il, pour rien vous reprocher ;

« Il suffit que la faute ait été reconnue :

« La leçon du malheur sentie et retenue,

« De vos bouillants désirs modèrera les feux ;

« Ils renaîtront peut-être encore plus fougueux,

« Alors que vous serez à l'abri de l'orage ;

« Mais il faut maintenant montrer tout son courage.

« Le danger s'offre-t-il, il faut le redouter,

« Prévoir tout avec soin avant de s'y jeter,

« Le braver quand on est au fond du précipice.

« Soyez donc à présent le digne fils d'Ulysse :

« Les maux sont grands, montrez un cœur plus grand encor. »

    « O combien me charma la douceur de Mentor !

« J'admirais en secret sa sublime sagesse ;

« Mais je fus étonné lorsque je vis l'adresse

« Qu'il mit à nous sauver des vaisseaux d'Ilion.

« Les nuages fuyant découvraient l'horizon,

« Le soleil sur les flots commençait à paraître :

« Les troyens près de nous pouvaient nous reconnaître.

« Il remarque un vaisseau tout couronné de fleurs,

« Il ressemblait au nôtre : il prend mêmes couleurs,

« Chaque fleur sous ses doigts se place d'elle-même,
« Il paraît animé d'une force suprême,
« Avec mêmes rubans, à la pouppe soudain
« Il court en un clin d'œil les ranger de sa main.
« Trahis par le costume on pouvait nous surprendre,
« Les rameurs sur les bancs ont ordre de s'étendre;
« Nous traversons la flotte, et sans être connus.
« Nous prenant pour les leurs qu'ils avaient crus perdus,
« Les troyens jusqu'aux cieux portent leur alégresse.

« Nous frémissons pourtant du péril qui nous presse:
« Malgré tous nos efforts, les flots impétueux
« Nous forcent quelque temps de vóguer avec eux,
« Nous tâchons toutefois de rester en arrière
« Laissant entre eux et nous une immense carrière.
« Les vents les dirigeaient sur les bords lybiens,
« Et nous, pour aborder aux champs siciliens,
« Avec tous nos rameurs redoublant de courage,
« Nous descendons enfin sur le prochain rivage.

« O bizarre destin! les maux que nous cherchions
« N'étaient pas moins cruels que ceux que nous fuyions.
« Des troyens occupaient cette côte funeste,
« Et là depuis long-temps régnait le vieux Aceste: (1)
« Sa mère vit le jour sous les murs d'Ilion,
« Et lui fit jurer haine à notre nation.

(1) Aceste était fils de Crinise et d'Egeste, dame troyenne; il reçut chez lui Anchise et Enée. (*Virgil. Æneid. L. V.*)

« A peine nous touchons les bords de la Sicile ,

« On nous prend aussitôt pour des peuples de l'île

« Ennemis des troyens, pour les surprendre armés :

« Dans les premiers transports dont ils sont animés ,

« Ils livrent notre nef aux flammes dévorantes ,

« Et, sur nos compagnons portant leurs mains sanglantes ,

« Ils les massacrent tous , gardant Mentor et moi.

« On nous charge de fers , on nous conduit au roi :

« Si pour quelques instants on nous laisse la vie ,

« C'est pour savoir de nous quelle est notre patrie.

   « Aceste sur son trône, un sceptre d'or en main ,

« Remplissait les devoirs d'un sage souverain ;

« Aux peuples assemblés il rendait la justice ,

« Et tout se préparait pour un grand sacrifice. —

« Quel est votre pays, dit-il ? au nom des Dieux ,

« Parlez ; dans quel dessein venez-vous en ces lieux ? » —

« Prince , non loin d'ici se voit notre patrie ,

« Et nous venons des bords de la grande Hespérie ,

« Dit sur-le-champ Mentor, qui voulait éviter

« De lui nommer des Grecs de peur de l'irriter.

   « Sans lui permettre, hélas ! de parler davantage ,

« Aceste nous condamne au plus dur esclavage ,

« Ordonnant qu'on nous mène aux domaines royaux

« Servir sous les pasteurs qui gardent ses troupeaux.

« La mort même , la mort m'eût été moins horrible

« Qu'une condition qui me parut terrible !

« Hors de moi, révolté d'un cruel traitement ,

« Je m'écrie aussitôt dans mon emportement :

« Ah ! plutôt ordonnez qu'on nous traîne au supplice,

« Prince, nous sommes Grecs, je suis le fils d'Ulysse :

« Je cours de mers en mers pour chercher ce grand roi;

« Si je ne puis le voir, s'il est perdu pour moi,

« S'il ne m'est plus permis d'entrer dans ma patrie,

« Si l'esclavage enfin... ravissez-moi la vie,

« Télémaque aujourd'hui ne peut la supporter.

« PAR un peuple en fureur on entend répéter :

« Répandons, répandons le sang du fils d'Ulysse,

« Du monstre détesté, dont l'affreux artifice

« Des enfants d'Ilion a creusé les tombeaux.

« Oui, repartit le roi, de tant de grands héros,

« Qu'il a précipités sur les rivages sombres,

« Fils d'Ulysse, ton sang doit appaiser les ombres.

« Qu'ils périssent tous deux, dit-on de toute part;

« Et du fond de la foule on entend un vieillard : —

« Que ne feraient-ils pas, les cruels ! contre Troie,

« Si le peu qu'il en reste était encor leur proie ?

« Sur le tombeau d'Anchise il faut les immoler;

« Ces victimes enfin pourront le consoler

« Des malheurs qu'éprouva sa race infortunée :

« Prince, ce sacrifice, au vertueux Énée

« Montrera votre amour pour tout ce qu'il chérit. » —

« A ce cruel discours tout un peuple applaudit,

« Et l'on ne pense plus qu'au funeste hécatombe;

« On nous traîne bientôt vers la fatale tombe.

« Sur deux autels dressés le feu sacré brûlait,

« A nos regards déjà le glaive étincelait,

« Nous étions couronnés de fleurs et de verveine,

« Nulle pitié n'était ouverte à notre peine ;

« C'en était fait de nous, quand, toujours sans effroi,

« Mentor tranquillement se tourne vers le roi :

  « Du jeune Télémaque, hélas ! quel fut le crime ?

« Prince, dit-il, le ciel refuse la victime :

« Si l'aveugle vengeance a fermé votre cœur,

« Et si vous n'êtes pas sensible à son malheur,

« Qu'au moins votre intérêt vous arrête et vous touche;

« Les Dieux mêmes, les Dieux aujourd'hui par ma bouche,

« Daignent vous annoncer, le temps en est marqué,

« Prince, qu'avant trois jours vous serez attaqué.

« Des peuples belliqueux descendant des montagnes

« Viendront comme un torrent inonder vos campagnes :

« Songez à prévenir leurs sinistres projets,

« Aux armes à l'instant appelez vos sujets,

« Et soudain dans vos murs, hâtez-vous, le temps presse,

« De vos fertiles champs enfermez la richesse;

« Que si la vérité ne règne én mes discours,

« Aceste, immolez-nous, j'y consens, dans trois jours.

  « Mentor dans les destins semblait lire d'avance;

« Le roi fut étonné de sa noble assurance,

« Mortel ne fut jamais aussi grand à ses yeux. —

« Étranger, lui dit-il, je vois que si les Dieux

« Vous ont mal partagé pour tous les biens du monde,

« Vous en avez reçu la sagesse profonde,

« Qui vous joint de si près à la Divinité,

« Trésor bien préférable à la prospérité. —

« Tout change au même instant, tout nous devient propice,

« Le roi rompt nos liens, suspend le sacrifice.

« Pour prévenir les maux que Mentor a prédits,

« Il ordonne qu'en tout ses conseils soient suivis.

   « On voit de toutes parts des mères chancelantes,

« Des vieillards accablés, et des filles tremblantes,

« Des enfants éperdus, qui, les larmes aux yeux,

« En entrant dans la ville implorent tous les Dieux.

« Les bœufs en mugissant quittent leurs pâturages ;

« Les timides brebis, leurs montagnes sauvages.

« Ce n'est de tous côtés que bruit et cris confus

« D'hommes au désespoir ensemble confondus ;

« Les chemins sont partout arrosés de leurs larmes,

« Le tumulte, la presse augmentent leurs alarmes.

« D'un vulgaire ignorant méprisant la terreur,

« Les grands prenaient Mentor pour un lâche imposteur,

« Qui, pour se conserver quelques instants de vie,

« Avait imaginé cette supercherie.

   « Pour la troisième fois s'élançant vers les cieux,

« L'astre du jour montrait son disque radieux :

« Soudain vers l'horizon une épaisse poussière

« A flots pressés s'élève, obscurcit la lumière.

« Bientôt on aperçoit de nombreux bataillons

« De barbares armés qui franchissent les monts :

« Là les hymériens, là les hordes cruelles

« Qui voient de l'Acragas les glaces éternelles ;

« Des Nébrodes plus loin les habitants divers,

« Peuples toujours nourris au milieu des hivers.

« Tous ceux qui de Mentor méprisaient le présage,

« Victimes à l'instant du plus affreux ravage,

« Perdirent tout, moissons, esclaves et troupeaux.

« Le roi court vers Mentor, et lui parle en ces mots :

« Le ciel pour nous sauver, en ces lieux vous envoie ;

« Oublions tous les torts de la Grèce et de Troie :

« Déjà votre sagesse a daigné nous servir,

« Achevez votre ouvrage, allez nous secourir ;

« Allez, et guidez-nous au milieu des alarmes,

« Recevez de ma main, et ce casque, et ces armes.

    « L'AUDACE de Mentor, ses yeux étincelants

« Étonnent aussitôt les plus forts combattants :

« Fièrement à leur tête il fait briller sa lance,

« Et vers les ennemis en bon ordre s'avance.

« Aceste sur ses pas, plein d'une noble ardeur,

« Regrette loin de lui son antique valeur :

« Moi-même je ne puis suivre son vol rapide.

« Sa cuirasse ressemble à l'immortelle égide :

« Rien n'égale sa force et son bouillant courroux,

« La mort de rang en rang court partout sous ses coups.

« Tel un lion terrible, aux champs de Numidie,

« Dévoré par la faim, s'élance avec furie

« Sur de faibles brebis, de timides agneaux :

« Les bergers éperdus délaissent leurs troupeaux.

« Portant de toutes parts la rage qui l'inspire,

« Il nage dans le sang, il égorge, il déchire.

    « LES barbares alors, surpris, déconcertés,

« N'écoutant plus leurs chefs, cèdent de tous côtés.

« Animés par Mentor, les bataillons d'Aceste

« Se croyaient dirigés par une main céleste,

« Son exemple, sa voix, ses yeux à chaque pas

« Leur donnaient une ardeur qu'ils ne connaissaient pas.

   « Du fils même d'un roi triompha mon courage :

« Nous étions tous les deux à la fleur de notre âge ;

« Mais il était plus grand, plus fort, plus vigoureux,

« Ce prince descendait des cyclopes affreux.

« Il méprisait en moi ma taille et ma faiblesse ;

« Son regard fier m'outrage, et son dédain me blesse.

« Sans m'étonner d'un air orgueilleux et brutal,

« Sans craindre l'ascendant d'un superbe rival,

« Transporté de courroux contre lui je m'élance,

« D'un bras sûr dans le cœur je lui plonge ma lance :

« Le colosse chancelle, il tombe ; en expirant

« D'un sang noir sur la terre il vomit un torrent ;

« Sous le poids de son corps ses armes retentissent,

« De ses derniers soupirs les montagnes mugissent,

« J'enlève mon trophée, et reviens vers le roi.

« Mais Mentor, répandant et la mort et l'effroi,

« Poursuit de toutes parts ces hordes sanguinaires,

« Et les force à rentrer au fond de leurs repaires.

   « Ce triomphe rapide, autant qu'inespéré,

« Fit regarder Mentor comme un homme inspiré,

« Un homme aimé des Dieux, armé de leur puissance.

« Aceste, plein d'amour et de reconnaissance,

« Ouvrit son palais même à son libérateur :

« Nous reçûmes partout l'accueil le plus flatteur ;

« Mais tremblant de nous voir plus long-temps en Sicile,

« Si les vaisseaux troyens revenaient dans cette île,

« Il fit bientôt après équiper un des siens,

« Pour nous rendre au plus vîte aux bords ithaciens,

« Nous combla de présens, hâta notre voyage. —

« Braves grecs, nous dit-il, envers vous tout m'engage.;

« Quels que soient cependant les biens que je vous dois,

« Vous n'échapperiez pas aux maux que je prévois :

« Partez, Mentor, sauvez le jeune Télémaque. —

« DE peur que ses sujets sur les côtes d'Ithaque

« Ne fussent exposés à de trop grands dangers,

« Il préféra nous mettre avec des étrangers,

« Marchands phéniciens, (1) pour qui toujours sur l'onde

« Un immense commerce ouvre les ports du monde ;

« Ils devaient ramener le navire en ces lieux.

« On nous fit jusqu'au port les plus tendres adieux :

« Les vents nous annonçaient une mer sans naufrage,

« Le vaisseau détaché s'élance du rivage ;

« Mais le ciel, qui se rit des projets des mortels,

« Nous réservait encore à des maux plus cruels. »

---

(1) Le commerce des Phéniciens s'étendait alors, au-delà même des colonnes d'Hercule. On dit qu'ils connaissaient un autre monde, au fond de l'Océan atlantique ; ce qui ne peut s'entendre que du nouveau continent. (*Voyez plusieurs géographies.*)

FIN DU PREMIER CHANT.

ÉPIGRAMMES CHOISIES

DE

MARTIAL,

TRADUCTION EN VERS FRANÇAIS.

Vie de Martial.

MARCUS-VALÉRIUS MARTIAL, *naquit à Bilbilis,* *aujourd'hui* Calatajud, *en Espagne, comme il le* *dit lui-même en plusieurs circonstances. Jeune, il* *se rendit à* Rome *pour s'y perfectionner. Il s'était* *d'abord destiné au barreau; mais il finit par y* *renoncer. Ses amis, connaissant son talent pour la* *poésie, l'exhortaient à entreprendre un poème hé-* *roïque ; effrayé des travaux pénibles, qu'exige un* *ouvrage de longue haleine, il ne put se rendre à* *leurs vœux; il se fixa pour toujours à l'épigramme,* *genre vers lequel il était porté naturellement. Il* *donna, en temps et lieux différens, quinze livres,* *y compris celui des* spectacles, *et les disposa lui-* *même dans l'ordre où nous les voyons aujourd'hui.* *Aimé des Empereurs, il eut part à leurs bienfaits:* *il devint chevalier romain, et même préteur. Il fut* *l'ami de* Stella, *poète de Padoue, de* Décianus, *son compatriote, de* Silius-Italicus, *de* Valérius-Flaccus, *de* Parthénius, *de* Juvenal, *de* Quintilien, de Pline le jeune, *et de plusieurs autres savans de son siècle, auxquels il s'adresse très-souvent.* Ster-tinius, *homme du plus grand mérite, et qu'il cachait sous le nom* d'Avitus, *voulut avoir dans sa bibliothèque le portrait de* Martial, *même de son vivant; ce qui dans ces temps-là était le plus grand honneur possible.* Pline le jeune *fait l'éloge de* Martial *dans plusieurs de ses lettres. Il devait tant d'illustres amis à ses talens et à l'aménité de son caractère.* Ælius-Vérus *l'appelait son* Virgile. *Il a surpassé les Grecs dans l'épigramme.* Jules Scaliger *le préfère à* Catulle *pour la finesse et la brièveté: il dit que ses vers sont pleins, nombreux et naïfs; il va même jusqu'à donner l'épithète de divines à plusieurs épigrammes dont il admire la saine morale. Avancé en âge, et fatigué du monde,* Martial *se retira dans son pays natal, où il ne tarda pas à terminer sa carrière, regretté de tous ceux qui l'avaient connu, et surtout de* Pline le jeune, *qui déposa les sentimens de sa douleur, dans la lettre qu'il écrivit, à ce sujet, à* Cornélius-Priscus.

PRÉFACE.

L'ÉPIGRAMME, dit l'abbé Batteux, *est une pensée intéressante, présentée heureusement et en peu de mots.* Sa matière est d'une grande étendue : elle s'élève à tout ce qu'il y a de plus noble dans tous les genres, elle s'abaisse à tout ce qu'il peut y avoir de plus petit ; elle loue la vertu, censure le vice, venge le public des impertinences d'un fat, d'un sot, etc.... et partout son caractère est l'aisance et la liberté.

La brièveté lui est essentielle, ce n'est qu'une pensée ; il ne faut pourtant pas croire que toutes les épigrammes, qui ont quelqu'étendue, soient défectueuses. Peut-être que notre vivacité nous fait trouver des longueurs, où il n'y en a point réellement. Le principe général, que le discours n'est pas trop long, quand tous les mots portent à la pensée, et que toutes les idées accessoires contribuent à former un sens juste, ce principe, dis-je, a son application ici comme ailleurs.

L'épigramme *intéresse par le fonds et par le tour*. Par le *fonds*, quand elle renferme quelque vérité importante. Elle intéresse par la finesse de la pensée, de la plaisanterie, par la délicatesse du sentiment, par la naïveté. Certains tours plaisent par leur symétrie ou par leur singularité. Telle épigramme doit son mérite au tour qu'on lui a donné, sans lequel ce ne serait qu'une pensée très-ordinaire.

La pensée doit être *heureusement* exprimée. Il faut pour cela choisir d'abord l'espèce de vers qui lui convient. Chaque pensée a pour ainsi dire une configuration, qui lui est comme naturelle. En latin elle demande, tantôt les vers élégiaques, tantôt le vers hendécasyllabe, le plus doux des vers en cette langue. Il y a la même chose à faire en français, soit pour toute la pièce, qui doit être tantôt en vers héroïques, tantôt en petits vers, soit pour le mélange des vers, qui peuvent être grands ou petits ; soit pour l'assortiment des rimes, qui, fesant symétrie de proche en proche, ou de loin en loin, produisent sur l'oreille des effets très-différens, selon la différence des arrangements.

Si l'on ne peut pas se rendre assez maître de la

pensée, pour que les vers soient de même mesure d'un bout à l'autre de l'épigramme, il faut au moins que la chute ait la forme qui lui convient. Peut-être même sera-ce un mérite pour l'épigramme, d'avoir des vers de diverses mesures ; elle en aura plus de naïveté et plus de force, parce que chaque partie de la pensée sera rendue avec justesse et sans superfluité.

Enfin, pour ce qui regarde le *style*, s'il est permis dans un ouvrage de longue haleine, de sommeiller quelquefois, dans l'épigramme on ne pardonne rien, et le moindre défaut saute aux yeux sur-le-champ. Il faut que l'oreille ne se trouve offensée d'aucun son dur, sec, traînant, sifflant ; il faut que l'esprit ne soit embarrassé d'aucune construction louche, d'aucune ellipse forcée, d'aucune idée inutile ou trop recherchée. On veut, en un mot, que la pensée se présente d'une façon décente et serrée, et que cependant elle soit à son aise. Cela doit être dans tout ouvrage bien écrit ; mais on l'exige surtout dans l'épigramme.

Pour ce qui est de mon travail ; *nec verbum verbo curabis reddere*, disait Horace aux traducteurs de son temps. J'ai tâché oins r pas abuser de la permission, m'asservissant au texte le plus scrupuleusement qu'il m'a été possible. On ne me fera pas, je pense, un crime d'avoir changé quelques noms propres, que j'ai pu croire supposés; d'ailleurs j'ai bien rarement usé de cette licence.

Fidèle au sens de mon épigraphe, j'ai pris parmi les épigrammes, qui m'ont semblé le mieux répondre à mes intentions, m'autorisant en cela et autres choses de l'exemple du savant et vertueux Jouvenci. Ce savant professeur, dit Rollin, qu'on ne soupçonnera pas d'ignorance dans ces matières, rapporte au genre du poème épique plusieurs différentes espèces de poèmes : les idylles, les satires, les odes, les épigrammes, les élégies, etc...

Je ne sais pas pourquoi, ajoute ce grand maître, l'on ne fait pas usage dans les classes d'un livre, qui est fort propre pour les jeunes gens, est celui qui a pour titre : *Epigrammaton delectus*, et qui est très-rare aujourd'hui. Un tel recueil ne pourrait manquer de plaire par la beauté et la variété des épigrammes qu'on y trouve. Il me semble, que c'est principalement de ces sortes de pièces courtes et détachées, qu'il faudrait meubler la tête des jeunes gens, etc.

On voit assez le but que je me suis proposé. Puissent mes efforts n'être pas tout à fait inutiles !

J'ai suivi surtout l'édition de *Barthélemi Macé*, Paris 1601, adoptant souvent les variantes de celles de *Joseph Barbou*, Paris 1754.

N. B. Des deux nombres, qui sont à la tête de chaque épigramme latine, le premier annonce le N.º de ce recueil, et le second indique le N.º de l'édition de 1601.

SCELECTA M. V. MARTIALIS EPIGRAMMATA.

DE SPECTACULIS.

I. . . . . III.

Ad Cæsarem.

Quæ tàm seposita est, quæ gens tàm barbara, Cæsar,

    Ex quâ spectator non sit in urbe tuâ? (1)

Venit ab Orpheo cultor Rhodopeïus Hæmo,

    Venit et epoto *Sarmata* pastus equo ;

Et qui prima bibit deprensi flumina Nili,

    Et quem supremæ Tetyos unda ferit ;

Festinavit Arabs, festinavère Sabæi,

    Et Cilices nimbis hìc maduère suis ;

Crinibus in nodum tortis venère Sicambri,

    Atque aliter tortis crinibus Ethiopes :

Vox diversa sonat ; populorum est vox tamèn una,

    Cùm verus patriæ diceris esse pater. (2)

---

(1) Domitianus spectacula edidit magnificentissima ; poëta ait totum orbem confluxisse : tot convenère authore, *Tranquillo* ut plurimùm advenæ inter vicos et vias manserint.

(2) Blanditur, poëta principi, qui in spectaculis pater patriæ dictus, mirum in modum eâ voce oblectatus est.

ÉPIGRAMMES CHOISIES
DE MARTIAL.

DU LIVRE DES SPECTACLES.

I.

A César.

Est-il de nation étrangère, éloignée,
Qui dans Rome, César, n'ait pas un spectateur? (1)
L'habitant du Rhodope a franchi la hauteur
De l'Hæmus, où périt le malheureux *Orphée*;
Avec le Sabéen l'Arabe est accouru,
Du sang de son coursier le Sarmate repu,
Celui qui boit le Nil à sa source féconde,
Et celui que Thétis bat de sa dernière onde;
Noyé dans ses parfums là le Cilicien,
Sous ses cheveux tressés là l'Éthiopien,
Là le Sicambre encor dont la tresse diffère.
Que de peuples divers! que de diverses voix!
Ce n'est qu'une pourtant, lorsque tous à-la-fois,
César, de la patrie ils te disent le père. (2)

---

(1) L'empereur Domitien donna des spectacles magnifiques; le poète dit, que l'univers entier y accourut : Tranquillus rapporte que la foule fut si grande, que beaucoup d'étrangers furent forcés de rester dans les villages et le long des routes.

(2) Le poète fait sa cour au prince, qui fut extrêmement flatté du nom de père de la patrie, que les spectateurs lui donnèrent d'une commune voix.

II. . . . . XXVII.

De Carpophoro venatore.

Sæcula Carpophorum, Cæsar, si prisca tulissent, (1)
  Jàm nullum monstris orbe fuisset opus.

Non Marathon taurum, Nemee frondosa leonem, (2)
  Arcas Mænalium non timuisset aprum;

Hæc armata manus Hydræ mors una fuisset,
  Huic percussa foret tota Chimæra semèl;

Ignipedes posset sine Colchide vincere tauros,
  Solvere et Hesionem solus, et Andromeden.

Herculeæ laudis numeretur gloria, plus est
  Bis denas paritèr perdomuisse feras.

———

(1) Carpophorum venatorem non parùm amavit Domitianus, quòd ejus dextrà in feris conficiendis oblectaretur; nam et princeps eodem studio tenebatur adeò, ut centenas aliquandò feras prostraverit: in Carpophoro igitur laudando poëta Cæsari assentatur.

(2) Vide append. de diis, de *Perseo*, de *Hercule*.

II.

Sur le Chasseur Carpophore.

GRAND César, si jadis eût vécu Carpophore, (1)
On n'aurait pas besoin de harceler encore
Tant de monstres épars sur l'univers entier.
Il eût, sans recourir au céleste coursier,
D'un seul coup terrassé la Chimère infernale; (2)
Un sanglier n'eût point effrayé le Ménale,
Un taureau furieux ravagé Marathon;
L'Hydre eût péri d'un coup de cette main fatale;
Dans Némée on n'eût point tremblé pour un lion;
Il eût délivré seul Hésione, Andromède :
Sans engager Médée à voler à son aide,
Des taureaux de Colchos, il eût bravé les feux.
D'Hercule comptons bien tous les faits glorieux,
Carpophore a sur lui de nombreux avantages :
Il a triomphé seul de vingt monstres sauvages.

----

(1) Domitien aimait beaucoup le chasseur Carpophore, à cause de son adresse à la chasse, pour laquelle ce prince était lui-même si passionné, qu'on lui vit tuer quelquefois jusqu'à cent pièces de gibier : c'était donc pour faire sa cour à César, que le poète faisait l'éloge de Carpophore.

(2) Voyez la mythologie, aux articles *Persée* et *Hercule*.

SCELECTA M. V. MARTIALIS EPIGRAMMATA.

✳✳✳✳✳✳

EX LIBRO PRIMO.

I.

Ad Catonem. (1)

Nosses jocosæ dulce cùm sacrum Floræ,
Festosque lusus, et licentiam vulgi,
Cùr in theatrum, Cato severe, venisti?
An ideò tantùm veneras, ut exires?

II.

Ad Lectorem. (2)

Hic est quem legis, ille quem requiris,
Toto notus in orbe *Martialis*;
Argutis epigrammaton libellis;
Cui, Lector studiose, quod dedisti
Viventi decus, et sentienti,
Rari post cineres habent poëtæ.

---

(1) Alloquitur severos homines sub personâ Catonis, ut hunc suum librum non aperiant, si ipsum perlegere noluerint : *non intret*, inquit, *theatrum nostrum Cato, aut si intraverit, spectet.*

(2) Lectori indicat quis sit; simùl ei gratias agit quòd se vivo legat epigrammata.

ÉPIGRAMMES CHOISIES DE MARTIAL.

******

DU PREMIER LIVRE.

I.

A Caton. (1)

Puisque vous connaissiez ce qu'un p████ folâtre
Peut, aux doux jeux de Flore appelant le plaisir,
Pourquoi, grave Caton, veniez-vous au théâtre?
Étiez-vous donc entré seulement, pour sortir?

II.

Au Lecteur. (2)

Lu, recherché de vous, connu du monde entier,
Je suis ce *Martial* qui sut vous égayer
Avec les vers piquants que lui dictait Thalie;
Il vous doit, cher Lecteur, de jouir en sa vie
    D'un honneur, qu'après leur trépas,
    Beaucoup de poètes n'ont pas.

---

(1) S'adressant, sous le nom de Caton, aux personnes sévères, il leur conseille de ne pas ouvrir son livre, si elles ne veulent pas le lire en entier : *que Caton*, dit-il, *n'entre pas à notre théâtre, ou s'il y est entré, qu'il regarde.*

(2) Il indique au lecteur qui il est, le remerciant en même-temps de lui faire, de son vivant, l'honneur de lire ses épigrammes.

III.

Ubì Libri venales.

Qui tecum cupis esse meos ubicùnque libellos,
    Et comites longæ quæris habere viæ;
Hos eme quos arctat brevibus membrana tabellis:
    Scrinia da magnis, me manus una capit.
Ne tamen ignores ubì sim vænalis, et erres
    Urbe vagus totâ; me duce certus eris.
Libertum docti lu...is quære Secundi, (1)
    Limina pòst pacis, Palladiumque forum.

IV.

Ad Librum suum.

ARGILETANAS mavis habitare tabernas, (2)
    Cùm tibi, parve liber, scrinia nostra vacent!
Nescis, heu! nescis dominæ fastidia *Romæ;*
    Crede mihi, nimiùm Martia turba sapit:
Majores nusquàm ronchi; Juvenesque, Senesque,
    Et pueri nasum rhinocerotis habent.
Audieris cùm grande Sophos, dùm basia captas,

---

(1) Secundus quondàm Othonis scriba amici sui Martialis carmina, priusquàm ederentur, tanquàm censor legebat.

(2) Argiletum propè palatium; ibi erant tabernæ bibliopolarum.

III.

Où se vendaient ses Livres.

Vous tous qui désirez avoir, dans vos voyages,
Partout, pour compagnon, quelqu'un de mes ouvrages,
Achetez ceux qu'enserre un petit parchemin ;
Leur volume aisément peut tenir dans la main,
Pour des livres plus grands réservez votre coffre.
Ignorant néanmoins où se vendent mes vers,
Vous erreriez long-temps en des quartiers divers :
Pour guide sûr, moi-même à tout venant je m'offre.
Au temple de la paix, près de Pallas, rendus,
Demandez l'affranchi du docte Sécundus. (1)

IV.

A son Livre.

Tu préfères, mon Livre, habiter *Argilet*, (2)
Quand tu peux dans mon coffre être seul, Dieu sait comme !
Hélas! infortuné ! tu ne sais pas quel est
Le dédain effrayant de la superbe Rome.
Crois-moi, pauvre petit, ces fiers enfants de Mars
Ont en ce siècle-ci trop de délicatesse :
Ailleurs on n'a pas plus de maligne finesse ;
Ici les jeunes gens, les enfants, les vieillards,
Tous du rhinocéros ont le nez redoutable.
Charmé de feints *bravo* tu feras l'agréable, ça

(1) Ami de Martial, et censeur de ses ouvrages.
(2) C'était à Rome le quartier des libraires.

Ibis ab excusso missus in astra sago. (1) .

Sed tu, ne toties domini patiare lituras,

Nevè notet lusus tristis arundo tuos,

Ætherias, lascive, cupis volitare. per auras.

I, fuge : sed poteras tutior esse domi.

V. . . . . VIII.

Ad Maximum de Columbá Stellæ. (2)

STELLÆ delicium mei Columba,

Veronà licèt audiente dicam,

Vicit, Maxime, passerem Catulli ;

Tantò Stella meus tuo Catullo,

Quantò passere major est columba.

VI. . . . . IX.

Ad Decianum. (3)

QUOD magni Thraseæ , consummatique Catonis.

Dogmata sìc sequeris, salvus ut esse velis,

(1) Romæ juvenes, per lasciviam, quod continebant suppositâ veste, in aërem jaculabantur : id Nero et Otho aliquandò egerunt.

(2) Stella poëta Patavinus, Martiali conjunctissimus ; de morte columbæ confecit opus : anteponit Martialis Stellæ columbam passeri Catulli, cujus patria Verona.

(3) Decianus laudatur, qui sententias stoïcorum secutus, et virtutem summum bonum judicans, exitus Thraseæ et Catonis uticensis non probat ; plus enim est benè agere in vità, quàm se interficere.

En l'air on t'enverra sauter de toutes parts. (1)
Ennuyé qu'en tes jeux un maître te censure,
Qu'une fâcheuse main si souvent te rature,
Tu prétends, étourdi, voltiger vers les cieux ;
Va, fuis : à la maison tu pouvais être mieux.

V.

A Maximus sur la Colombe de Stella. (2)

N'EN déplaise à Vérone,
La colombe mignonne,
De mon ami Stella
Si tendrement chérie,
Du moineau de Lesbie
Toujours triomphera ;
Auprès de mon ami, Catulle en parallèle
Est bien aussi petit qu'un moineau l'est près d'elle.

V I.

A Décianus. (3)

C'EST pour te conserver, qu'imitateur fidèle,
Tu choisis Thraséas, ou Caton, pour modèle :

---

(1) Les jeunes romains, pour s'amuser, faisaient sauter en l'air,
ce qu'ils avaient mis dans un pan de leur robe.

(2) Stella, poète de Padoue, était l'ami de Martial ; Stella fit
sur la mort d'une colombe un poème, que Martial préfère à celui
qu'avait fait Catulle sur la mort du moineau de Lesbie.

(3) Il fait l'éloge de Décianus, qui, suivant les maximes des
stoïciens, et regardant la vertu comme le bien suprême, n'approuve
ni la mort de Thraséas, ni celle de Caton d'Utique ; car il vaut

Pectore nec nudo strictos incurris in enses,

    Quod fecisse velim te, Deciane, facis.

Nolo virum, facili redimit qui sanguine famam;

    Hunc volo, laudari qui sine morte potest.

VII. . . ᵣ . XI.

De Gemello et Maronillá.

PETIT Gemellus nuptias Maronillæ,

Et cupit, et instat, et precatur, et donat. —

Adeòne pulchra est? — Immò fœdius nil est! —

Quid ergò in illâ appetitur et placet? — Tussis.

Thraseas incensus studio stoïcæ disciplinæ, damnatus à Nerone, solutis venis mortuus est, libans sanguinem Jovi liberatori. Cato uticensis, ne in potestatem Cæsaris veniret, sibi mortem conscivit.

Et la poitrine nue, Ami, tu ne cours pas
A travers mille dards pour affronter le trépas ;
Oui, conserve-toi bien, c'est ma plus douce envie.
Qu'on ne me parle point d'un renom glorieux
Que l'on peut aisément acheter de sa vie ;
S'illustrer sans mourir est plus grand à mes yeux.

VII.

Sur Gémel et Hortense.

GÉMEL avec Hortense
Veut bien se marier ;
Toujours nouvelle instance,
Toujours donner, prier. —
C'est donc la beauté même ? —
Rien de plus dégoûtant ! —
Que recherche-t-il tant ?
Qu'est-ce en elle qu'il aime ,
Pour convoiter de même
Le nom de son époux ? —
Sa toux. (1)

_____

mieux bien agir en cette vie, que de se tuer. Thraséas , enthou-
siasmé de la doctrine des stoïciens, fut condamné par Néron, à
avoir les veines ouvertes, et mourut en offrant son sang à Jupiter
libérateur. Caton d'Utique se donna la mort, pour ne pas tomber
au pouvoir de César.

(1) Elle était riche, vieille et tourmentée d'une toux invétérée.
Il pouvait bientôt en être l'héritier.

VIII. . . . . XIV.

De Arriâ et Pæto.

Casta suo gladium cùm traderet Arria Pæto,
　　Quem de visceribus traxerat ipsa suis :
Si qua fides, vulnus, quod feci, non dolet, inquit;
　　Sed tu quod facies, hoc mihi, Pæte, dolet.

IX. . . . . XVI.

Ad Julium.

O mihi post nullos, Juli, memorande sodales !
　　Si quid longa fides, canaque jura valent;
Bis jàm penè tibi consul trigesimus instat,
　　Et numerat paucos vix tua vita dies.
Non benè distuleris, videas ne posse negari,
　　Et solum hoc ducas, quod fuit, esse tuum.
Expectant curæque, catenatique labores ;
　　Gaudia non remeant, sed fugitiva volant;
Hæc utrâque manu, complexuque assere toto,
　　Sæpè fluent imo sic quoquè lapsa sinu.
Non est, crede mihi, sapientis dicere, vivam;
　　Sera nimìs vita est crastina, vive hodiè.

VIII.

Sur Arrie et Pætus.

CROIS-EN une épouse qui t'aime,
Dit la chaste Arrie, en offrant
A Pætus le glaive sanglant,
Que de son sein elle arrache elle-même:
A ma blessure, Ami, point de douleur;
La tienne, hélas! va me percer le cœur.

IX.

A Jules.

O vous, à qui longue fidélité
Donne le droit d'être cité
Pour mon ami le plus sincère,
Jules, si vous n'avez pas vu
Deux fois trente Consuls, il ne s'en faut de guère;
Vous avez cependant vécu
Bien peu, quelques instants à peine!
Rempli d'une espérance vaine,
Au lendemain pourquoi donc transporter
Ce que l'on pourra regretter?
Ah! seulement comptez pour vôtre
Ce que vous pouvez avoir eu.
Les peines, les soucis ont toujours reparu,
Toujours enchaînés l'un à l'autre;
Mais le bonheur ne revient pas,
Il fuit, voltige et s'évapore:
Serrez-le bien des deux mains, des deux bras,
Souvent il vous échappe encore.
Chez Jules, croyez-moi, celui
Qui dit *demain*, tient le langage
D'un homme imprudent, et peu sage:
C'est trop tard que *demain*, vivez dès aujourd'hui.

MARTIAL.

X. . . . . XVII.

Ad Avitum de Libro.

Sunt bona, sunt quædam mediocria, sunt mala plura
  Quæ legis hæc; aliter non fit, Avite, liber.

X-I. . . . . XX.

Ad Æliam.

Si memini, fuerant tibi quatuor, Ælia, dentes;
  Extulit una duos tussis, et una duos :
Jam secura potes totis tussire diebus,
  Nil istic, quod agat, tertia tussis habet.

XII. . . . . XXI.

Ad Cæcilianum.

Dic mihi, quis furor est? turbâ spectante vocatâ,
  Solus boletos, Cæciliane, voras :
Quid dignum tanto tibi ventre, gulâque precabor?
  Boletum qualem Claudius edit, edas. (1)

XIII. . . . . XXV.

Ad Decianum.

Adspicis incomptis illum, Deciane, capillis,
  Cujus et ipse times triste supercilium;
Qui loquitur Varos, assertoresque Camillos,
  Nolito fronti credere, nupsit heri.

---

(1) Scribit Tranquillus boleto venenato Claudium extinctum fuisse.

X.

A Avitus sur son Livre.

Du bon, du médiocre, et du mauvais bien plus;
On ne fait pas un Livre autrement, Avitus.

XI.

A Ælia.

Vous aviez quatre dents, autant qu'il m'en souvient;
Vous toussez... deux de moins... encore... deux par terre.
Toussez en sûreté, toujours, s'il vous convient,
Troisième toux par là n'a rien de plus à faire.

XII.

A Cæcilianus.

Dis-moi, quelle fureur? tes convives à table
Te voient ne leur laisser pas un seul champignon:
Quels vœux dignes de toi, gourmand insupportable!...
Puisse-tu, comme Claude, en rencontrer un bon. (1)

XIII.

A Décianus.

A ses cheveux épars, à son sourcil affreux,
Mon cher Décianus, ne jugez pas son âme;
Ce Camille du jour, ce Varus rigoureux,
Ne vous y trompez pas.... hier il a pris femme.

_____

(1) Tranquillus dit que Claude mourut d'un champignon empoisonné.

XIV. . . . . XXVI.
Ad Faustinum.

Ede tuos tandèm populo, Faustine, Libellos,
    Et cultum docto pectore profer opus,
Quod nec cœcropiæ damnent Pandionis arces,
    Nec sileant nostri, prætereantque senes.
Antè fores stantem dubitasne admittere famam?
    Teque piget curæ præmia ferre tuæ?
Pòst te victuræ, per te quoquè vivere chartæ
    Incipiant : cineri gloria tarda venit.

XV. . . . . XXVIII.
Ad Procillum.

Hesterna tibi nocte dixeramus,
Quincunces, puto, post decem peractos,
Cœnares hodiè, ut Procille, mecum.
Tu factam tibi rem statìm putasti,
Et non sobria verba subnotasti,
Exemplo nimiùm periculoso : (1)
Misso mnemona sumpoten Procille.

XVI. . . . . XXIX.
De Acerrâ.

Hesterno fœtere mero qui credit Acerram,
    Fallitur; in lucem semper Acerra bibit.

_____

(1) Notat figuratè scelus temporum suorum, quibus vino nonnum-
quàm extorquebantur hæreditates, etc.

XIV.
A Faustin.

PUBLIEZ, cher Faustin, publiez vos ouvrages;
Montrez-nous ces enfants d'un père ingénieux,
Que ne désavoueraient Athènes, ni nos sages :
Que le vieillard en parle, en repaisse ses yeux.
Voyez la Renommée, elle est à votre porte,
Ouvrez-lui; jouissez du fruit de vos travaux.
Ils doivent vivre après, faites encore en sorte
Qu'ils vivent avec vous ces ouvrages si beaux :
La gloire arrive tard dans la nuit des tombeaux.

XV.
A Procillus.

Je t'avais dit la nuit dernière,
Après, je crois, dix bouteilles de vin,
Je t'attends, Procillus, à souper pour demain.
Tu crus qu'il ne restait rien autre chose à faire;
Comme sûr du repas, tu pris acte aussitôt
De ce que je disais tout occupé de boire.
L'exemple est dangereux, et je hais le défaut
D'un buveur, qui chez nous a trop bonne mémoire. (1)

XVI.
Sur Acerra.

ON croit que de la veille Acerra sent le vin;
Erreur, toujours il boit jusqu'au matin.

---

(1) Il blâme sous un sens figuré un crime de son siècle, où le vin faisait extorquer des héritages, etc.

XVII. . . . . . XXX.

Ad Fidentium.

FAMA refert nostros te, Fidentine, libellos
  Non aliter populo quàm recitare tuos :
Si mea vis dici, gratis tibi carmina mittam ;
  Si dici tua vis, hæc eme, ne mea sint.

XVIII. . . . . . XXXIII.

Ad Sabidum.

Non amo te, Sabidi, nec possum dicere quarè ;
  Hoc tantùm possum dicere : non amo te.

XIX. . . . . XXXIV.

De Gelliâ.

AMISSUM non flet, cùm sola est Gellia, patrem ;
  Si quis adest, jussæ prosiliunt lacrymæ.
Non dolet hic, quisquis laudari, Gellia, quærit :
  Ille dolet verè, qui sinè teste dolet.

XX. . . . . XXXVIII.

In Bassam.

VENTRIS onus misero, nec te pudet, excipis auro,
  Bassa ; bibis vitro : cariùs ergò cacas.

XVII.

A Fidentinus.

PARTOUT, Fidentinus, m'a dit mainte personne,
Tu vas lisant mes vers, comme venant de toi :
Dis que j'en suis l'auteur, gratis je te les donne ;
Sinon achète-les, qu'ils ne soient plus à moi.

XVIII.

A Sabidus.

JE ne vous aime point, j'en ignore la cause ;
Je ne puis, en ce point,
Vous dire qu'une chose :
Je ne vous aime point.

XIX.

Sur Hébé.

EST-ELLE seule, Hébé ne pleure pas son père ;
Vient-il quelqu'un, les pleurs lui naissent au besoin.
Qui veut en faire gloire, Hébé, ne pleure guère :
La sincère douleur ne veut pas de témoin.

XX.

Contre Bassa.

SANS en rougir,
Au plus vil des usages
Tu fais servir
L'or où tu te soulages ;

XXI. . . . . XXXIX.

Ad Fidentinum.

QUEM recitas, meus est, ó Fidentine, libellus;
  Sed malè cùm recitas, incipit esse tuus.

XXII. . . . . XL.

Ad Decianum.

SI quis erit, raros inter numerandus amicos,
  Quales prisca fides, famaque novit anus;
Si quis Cœcropiæ madidus, Latiæque Minervæ
  Artibus, et verâ simplicitate bonus;
Si quis erit recti custos, imitator honesti,
  Et nihil arcano qui roget ore deos; (1)
Si quis erit magnæ subnixus robore mentis,
  Dispeream, si non hic Decianus erit.

---

(1) Qui clàm precantur, malè imprecantur.

Tu bois pourtant,

Comme nous, dans un verre :

Bassa, partant

L'autre chose est trop chère.

XXI.

A Fidentinus.

LES vers, Fidentinus, que tu lis sont les miens;

Mais, quand tu les lis mal, ils deviennent les tiens. (*)

XXII.

A Décianus.

S'IL est un ami rare, et tel qu'au bon vieux temps,

Un homme, dans les arts de Rome et de la Grèce

Profondément instruit, et rempli de talents;

S'il est un homme bon, de naïve simplesse,

Un homme aimant le bien, le pratiquant sans cesse,

Dont la force d'esprit, le grand sens soient connus,

Qui jamais vers le ciel en secret ne s'adresse, (1)

Je meurs, si ce n'est pas le bon Décianus.

(*) Je n'ai là que le mérite d'une réminiscence, dont je ne me suis aperçu que fort tard.

(1) Qui prie en secret ne fait que des imprécations.

XXIII. . . . . XLI.

Ad lividum.

QUI ducis vultus, et non legis ista libentèr;
  Omnibus invideas, livide; nemo tibi. (1)

XXIV. . . . . XLIII.

Porciâ.

CONJUGIS audisset fatum cùm Porcia Bruti,
  Et substracta sibi quæreret arma dolor :
Nondùm scitis, ait, mortem non posse negari;
  Credideram satis hoc vos docuisse patrem.
Dixit, et ardentes avido bibit ore favillas :
  I nunc, et ferrum, turba molesta, nega.

XXV. . . . . LIV.

Ad Fidentinum.

UNA est in nostris tua, Fidentine, libellis
Pagina, sed certâ domini signata figurâ :
Indice non opus est nostris, nec vindice libris ;
Stat contrà, dicitque tibi tua pagina : fur· es.

---

(1) Miserrimus ille, cui invidet nemo !

XXIII.

A un Jaloux.

Sur les vers, qui viennent de moi,
Tu fronces le sourcil, tu n'aimes pas les lire ;
Sois bien jaloux de tous, et qu'on ne puisse dire
Que personne le soit de toi. (1)

XXIV.

Porcia.

Porcia de Brutus ayant appris le sort,
Cherchait, dans sa douleur amère,
Des armes, qu'à sa main l'on avait su soustraire.
« On ne peut refuser la mort ;
« L'ignorez-vous encor ? dit-elle : votre père
« Vous l'avait, ce me semble, appris suffisamment. »
Elle court aussitôt sur un charbon ardent,
L'avale, et dit : « allez, dans vos folles alarmes,
« Allez, troupe importune, et refusez des armes.

XXV.

A Fidentinus.

Tu mis, Fidentinus, dans mon livre une page,
Mais marquée, à coup sûr, du cachet de l'auteur :
Faut-il d'autre témoin pour venger mon ouvrage ?
Elle est là, qui toujours te dit : *Voleur, voleur!*

---

(1) Malheureux celui, à qui personne ne porte envie !

XXVI. . . . . LVI.

Ad Fuscum.

Si quid, Fusce, vacas adhuc amari,
Nam sunt hinc tibi, sunt et hinc amici,
Unum, si superest, locum rogamus :
Nec me, quod tibi sim novus, recuses;
Omnes hoc veteres tui fuerunt.
Tu tantùm inspice, qui novus paratur,
An possit fieri vetus sodalis.

XXVII. . . . . LVII.

Ad Cauponem.

Continuis vexata madet vindemia nimbis;
Non potes, ut cuperes, vendere, Caupo, merum.

XXVIII. . . . . LXII.

Ad Licianum.

Verona docti syllabas amat vatis,
   Marone felix Mantua est,
Censetur Appona Livio suo tellus, (1)
   Stellâque nec Flacco minùs,
Apollodoro plaudit imbrifer Nilus,
   Nasone Peligni sonant,

---

(1) Censetur : in pretio est ; nàm qui erant in censu nobiles, qui non, ignobiles : undè censeri, esse in pretio.

XXVI.

A Fuscus.

Vous avez dès amis dans toute l'Italie ;
De m'admettre avec eux puis-je vous proposer ?
Si d'une place encor vous pouvez disposer,
Conservez-la pour moi, Fuscus, je vous en prie.
Je suis nouveau venu, me réfuseriez-vous ?... :
Mais vos premiers amis d'abord le furent tous.
  Fuscus, en cette affaire,
Ne voyez qu'une chose ; et surtout voyez bien :
  « L'ami, qu'on veut se faire,
« Pourra-t-il devenir un ami fort ancien ? »

XXVII.

A un Marchand de vin.

Il pleut tant ! la vendange est noyée à coup sûr ;
Tu ne peux, à ton gré, nous vendre le vin pur.

XXVIII.

A Licinianus.

Les vers d'un grand poète ont illustré Vérone,
Mantoue à son Virgile a dû tout son bonheur,
Ovide dans l'Abruzze a signalé Sulmone,
Horace de Venouse a rehaussé l'honneur,
Le Nil murmure au loin le nom d'Apollodore ;
Tite-Live a transmis sa gloire au Padouan,

Duosqúe Senecas, unicumque Lucanum

    Facunda loquitur Corduba,

Gaudent jocosæ Canio suo Gades,

    Emerita Deciano meo,

Te, Liciniane, gloriabitur nostra,

    Nec me tacebit Bilbilis.

XXIX. . . . . LXV.
Ad Fabullam.

BELLA es, novimus: et puella verum est;
Et dives, quis enìm potest negare?
Sed dùm te nimiùm, Fabulla, laudas,
Nec dives, nequè bella, nec puella es.

XXX. . . . . LXVIII.
Ad Chœrilum.

LIBER homo es nimiùm, dicis mihi, Chœrile, sempèr:
In te qui dicit, Chœrile, liber homo est. (1)

XXXI. . . . . LXXIII.
Ad Fidentinum.

NOSTRIS versibus esse te poëtam,
Fidentine, putas, cupisque credi.

---

(1) *Liber* significat et hominem liberi animi, qui nemini parcit, et hominem sinè negotiis.

Les Sénèque, Lucain, dont mon pays s'honore,
Feront toujours l'orgueil du docte Cordouan,
Du savant Canius Cadis se glorifie,
Mérida s'applaudit du bon Décianus,
Et Bilbilis de vous, cher Licinianus,
Je ne crains pas non plus que Bilbilis m'oublie.

XXIX.

A Fabulla.

Vous êtes belle, je le sai,
Jeune, c'est encor vrai;
Riche, qui dirait le contraire?
Mais, affectant de faire
Trop votre éloge, Fabulla,
Vous n'êtes rien de tout cela.

XXX.

A Chœrilus.

Tu me trouves trop libre : ah! Chœrilus, crois-moi,
Il faut l'être beaucoup pour parler contre toi. (1)

XXXI.

A Fidentinus.

Avec mes vers, Fidentinus,
Tu crois être un poète, et veux le faire croire;

(1) *Libre* signifie un homme qui n'épargne personne, et un homme qui n'a rien à faire.

Sic dentata sibi videtur Ægle,
Emptis ossibus, indicoque cornu;
Sic, quæ nigrior est cadente moro,
Cerussata sibi placet Lycoris.
Hâc et tu ratione, quâ poëta es,
Calvus cùm fueris, eris comatus.

XXXII. . . . . LXXVI.

De Lino.

DIMIDIUM donare Lino, quàm credere totum,
Qui mavult, mavult perdere dimidium.

XXXIII. . . . . LXXXVII.

De Novio.

VICINUS meus est, manuque tangi
De nostris Novius potest fenestris.
Quis non invideat mihi, putetque
Horis omnibus esse me beatum,
Juncto cui liceat frui sodale?
Tàm longè est mihi, quàm Terentianus
Qui nunc Niliacam regit Syenen.
Non convivere, non videre saltèm,
Non audire licet, nec urbe totâ

De même, Églé, qui n'en a plus,
Croit bien avoir ses dents, quand elle en a d'ivoire :
D'un noir de mûre, Lycoris
De même, avec son blanc, se croit d'un teint de lis.
Les moyens, qui te font poète,
Lorsque tu n'auras plus de cheveux sur la tête,
T'en fourniront au même prix.

XXXII.

Sur Linus.

On lui donne moitié, n'osant prêter le tout;
C'est la moitié qu'à perdre on se résout.

XXXIII.

Sur Novius.

Novius est mon près voisin,
Et je puis lui donner la main
Fort aisément de ma fenêtre.
Aux gens jaloux du bien d'autrui
De quel bonheur dois-je paraître,
De me trouver si près de lui?
Amis, point tant de jalousie;
Il est bien aussi loin pour moi
Que Térentianus, qui vers le Nil en roi
Commande sur l'Éthiopie.
Vraiment, je ne l'ai jamais vu,
Pas même une fois entendu.

Quisquam est tàm propè, tàm procùlque nobis.

Migrandum est mihi longiùs, vel illi ;

Vicinus Novio, vel inquilinus

Sit, si quis Novium videre non vult.

XXXIV. . . . . XCII.

In Lælium.

Cum tua non edas, carpis mea carmina, Læli;
Carpere vel noli nostra, vel ede tua.

XXXV. . . . . XCVI.

Ad Helium.

Quòd clamas sempèr, quòd agentibus obstrepis, Heli,
Non facis hoc gratis; accipis, ut taceas.

XXXVI. . . . . XCVIII.

Ad Causidicum.

Cum clamant omnes, loqueris tu, Nævole, sempèr,
Et te patronum, causidicumque putas :
Hâc ratione potest nemo nòn esse disertus;
Eccè tacent omnes; Nævole, dic aliquid.

Dans la ville il n'est pas deux hommes
Plus près, plus loin que nous le sommes;
Il faut m'éloigner beaucoup plus,
Sinon, c'est à lui de le faire.
Qui ne veut pas voir Novius,
Doit être son voisin, ou bien son locataire.

XXXIV.

Contre Lœlius.

Sans avoir rien produit, Lælius me déchire;
Mais, pour Dieu! qu'il finisse, ou qu'il se fasse lire.

XXXV.

A Hélius.

Par tes clameurs, en chaque affaire,
Je vois tout le monde effrayé;
Le fais-tu gratis? Non... il faut t'avoir payé,
Pour obtenir que tu veuilles te taire!

XXXVI.

A un Avocat.

Tu ne parles qu'alors que tout le monde crie,
Et te crois défenseur, avocat excellent:
Chacun à ce prix-là peut bien être éloquent.
Tout le monde se tait, parle donc, je t'en prie.

XXXVII. . . . . XCIX.

Ad Flaccum.

Litigat, et podagrâ Diodorus, Flacce, laborat;
Sed nil patrono porrigit : hæc chiragra est.

XXXVIII. . . . . CIII.

Ad Lycorim.

Qui pinxit Venerem tuam, Lycori,
Blanditus, puto, pictor est Minervæ. (1)

XXXIX. . . . . CVIII.

Ad Lucium Julium.

Sæpè mihi dicis, Luci carissime Juli,
    Scribe aliquid magnum, desidiosus homo es.
Otia da nobis, sed qualia fecerat olìm
    Mæcenas Flacco, Virgilioque suo;
Condere victuras tentem per sæcula chartas
    Et nomen flammis eripuisse meum.
In steriles campos nolunt juga ferre juvenci :
    Pingue solum lassat; sed juvat ipse labor.

---

(1) Quià depinxit deformem Venerem, gessit morem Minervæ,
cùm quâ olim de formâ contendit.

XXXVII.

A Flaccus.

JOUR et nuit en procès, le goutteux Diodore
A l'avocat qui le soutient
N'a pas donné deux sous encore :
C'est à la main, Flaccus, que la goutte le tient.

XXXVIII.

A Lycoris.

JE pense qu'à Minerve il a bien fait sa cour,
Celui qui vous a peint cette mère d'Amour. (1)

XXXIX.

A Lucius Julius.

SOUVENT vous m'avez dit : « tu n'es qu'un paresseux,
« Produis-nous donc du grand. » Lucius, je le veux :
Donnez-moi le loisir, que procura Mécène
A Virgile, à Flaccus; je tente sur la scène
De mettre des écrits toujours vainqueurs du temps,
Et d'arracher mon nom aux feux les plus ardents.
A supporter le joug le taureau se refuse,
Sur un terrain ingrat qu'il aurait beau forcer :
Un sol fécond peut bien lasser;
Mais le travail lui-même amuse.

---

(1) Ce peintre, en faisant une Vénus difforme, avait cherché
sans doute à plaire à Minerve, qui lui disputa jadis le prix de
la beauté.

XL. . . . . . CX.

De·Catellá Publii.

Issa est passere nequior Catulli:

Issa est purior osculo columbæ;

Issa est blandior omnibus puellis;

Issa est carior indicis lapillis;

Issa est deliciæ catella Publi.

Hanc tu, si queritur, loqui putabis;

Sentit tristitiamque gaudiumque.

Collo nixa cubat, capitque somnos,

Ut suspiria nulla sentiantur :

Et desiderio coacta ventris,

Guttâ pallia non fefellit ullâ;

Sed blando pede suscitat, toroque

Deponi rogat, et monet lavari.

X L.

Sur la petite Chienne de Publius.

PLUS méchante, et plus jolie
Que le moineau de Lesbie;
Plus propre que le duvet
D'une colombe charmante;
Plus douce, et plus caressante
Qu'aucune beauté ne l'est;
Plus précieuse, et plus belle
Que les feux dont étincelle
La pierre de l'Orient,
Du maitre le plus content
Mélitée est les délices.
Dans ses petits artifices
Conte-t-elle son ennui,
Comme une jeune personne,
D'une voix douce et mignonne
Il semblerait qu'elle parle avec lui;
Et vraiment elle est sensible,
Autant qu'il nous est possible,
Au chagrin comme au plaisir.
Elle va, près de son oreille,
Sur le chevet s'endormir :
On n'entend pas un soupir.
Si quelque besoin l'éveille,
Respectant les draps de lit,

Castæ tantus inest pudor catellæ!

Ignorat Venerem, nec invenimus

Dignum tàm tenerâ virum puellâ.

Hanc ne lux rapiat suprema totam,

Pictâ Publius exprimit tabellâ,

In quâ tàm similem videbis Issam,

Ut sit tàm similis sibi nec ipsa.

Issam denique pone cum tabellâ,

'Aut utramque putabis esse veram,

'Aut utramque putabis esse pictam.

XLI. . . . . CXI.

Ad Velocem.

SCRIBERE me quereris, Velox, epigramata longa;
Ipse nihil scribis : tu breviora facis.

Bien doucement de la patte

Aussitôt elle le gratte ;

Il semble qu'elle lui dit :

Veuillez me faire descendre ;

Elle lui fait même entendre

D'avoir soin de la laver.

Sa chaste pudeur est telle,

Qu'en vérité nous n'avons pu trouver

Un seul objet digne d'elle.

Son maître la peint si bien, (1)

Pour que la faux meurtrière,

Qui n'épargne jamais rien,

Ne l'enlève pas tout entière,

Qu'à coup sûr l'on jurerait

Qu'à soi-même elle ressemble

Beaucoup moins qu'à son portrait.

Enfin mettez-les ensemble,

Et je gage, qu'il vous semble

Les voir vivre toutes deux,

Ou bien avoir deux portraits sous les yeux.

XLI.

A Vélox.

Mes sujets sont, dis-tu, *trop longs, ce n'est pas bien :*

Tu travailles plus court, Vélox, tu ne fais rien.

---

(1) Son maître alors en faisait un portrait fort ressemblant.

XLII. . . . . CXII.

In Priscum.

Cum te non nossem, dominum regemque vocabam :

Cùm benè te novi, jàm mihi Priscus eris.

XLIII. . . . . CXIX.

Ad Cæcilianum.

Cui legisse satìs non est epigrammata centum,

Nil illi satìs est, Cæciliane, mali.

XLII.

A Priscus.

PRISCUS, avant de te connaitre,
Je t'appelais mon roi, mon maitre;
Mais aujourd'hui connu parfaitement,
Tu me seras Priscus tout simplement.

XLIII.

A Cæcilianus.

PASSE encore de lire
Cent épigrammes; mais
Il ne sera jamais
Assez de mal pour qui cela ne peut suffire.

SCELECTA M. V. MARTIALIS EPIGRAMMATA.

✳✳✳✳✳✳

EX LIBRO SECUNDO.

I.

Ad Librum suum.

Ter centena quidem poteras epigrammata ferre;

Sed quis te ferret, perlegeretve, liber?

At nunc succincti quæ sint bona disce libelli:

Hoc primum est, brevior quòd mihi charta perit;

Deindè, quòd hæc unâ peragit librarius horâ,

Nec tantùm nugis serviet iste meis;

Tertia res hæc est, quòd si cui forte legeris,

Sis licèt usquè malus, non odiosus eris.

Te conviva leget misto quincunce; sed antè

Incipiat positus quàm tepuisse calix.

Esse tibi tantâ cautus brevitate videbor?

Hei mihi! quàm multis sic quoquè longus eris!

Sous les murs dont Phalante

Environna Tarente,

Dans les flots du Galèse on lava la toison

De ta toge charmante ;

Ou peut-être, dit-on,

Dans la Crète pour elle

On se plut à choisir la laine la plus belle.

Mais, depuis qu'en nos jeux

Un taureau furieux

A déchiré la mienne,

Le premier Mannequin (1)

Placé sur le chemin

Ne la voudrait pas pour la sienne.

Dans les champs de Cadmus

Ta robe a bu le sang dont elle éclate ; (2).

Mais de mon écarlate

A peine aurais-tu trois écus.

Dans les forêts de la Libye

On coupa ta table arrondie,

Cette table que tu suspends

Sur les superbes dents

Que l'Inde te procure ;

Chez moi misère toute pure :

---

(1) On mettait alors sur le bord des chemins des figures d'hommes en laine.

(2) La pourpre était le sang d'un coquillage ; la plus belle était celle de la fameuse Tyr, qui fut la patrie de Cadmus, fils d'Agénor.

XVIII. ◦ . . . LIII.

Ad Maximum.

Vis fieri liber! mentiris, Maxime, non vis;
     Sed fieri si vis, hâc ratione potes :
Liber eris, cœnare foris si, Maxime, nolis;
     Vejentana tuam si domat uva sitim;
Si ridere potes miseri chrysendeta Cinnæ;
     Contentus nostrâ si potes esse togâ.
Hæc tibi si vis est, mentis si tanta potestas,
     Liberior Partho vivere rege potes.

Table de hêtre, pour appui,
N'eut jamais que celui
Dé quatre pieds d'argile.
De tes plats d'or les beaux filets
Sont cachés chaque jour par d'énormes mulets;
Sur la vaisselle la plus vile
Pauvre crabe chez moi trouve même couleur.
Connaissant mon malheur,
Dans la fortune la plus belle,
Pour un ami fidèle
Tu ne fais jamais rien; et cependant tu dis :
Tout doit être en commun avec de bons amis !

XVIII.

A Maximus.

Tu veux devenir libre !... Eh ! non ... Le veux-tu bien ?

Cher Maximus, en voici le moyen :

Hors de chez toi, d'abord jamais ne mange,

Sois content du raisin qu'à Veïes on vendange,

Et moque-toi des vases somptueux

De ce Cinna, qui n'est que malheureux;

Sois vêtu comme moi. T'en sens-tu le courage ?

Je te verrai, si tu le peux,

Plus libre alors qu'un roi chez le parthe sauvage.

XIX. . . . . . LV.

Ad Sextum.

Vis te, Sexte, coli; volebam amare.

Parendum est tibi : quod jubes, coléris;

Sed, si te colo, Sexte, non amabo.

XX. . . . . . LVII.

In Saufellum.

Hic quem videtis gressibus vagis lentum,

Amethystinatus media qui secat septa,

Quem grex togatus sequitur, et capillatus, (1)

Recensque sellâ, linteisque, lorisque,

Oppigneravit Claudii modò ad mensam,

Vix octo nummis, annulum, undè cœnaret.

XXI. . . . . LVIII.

In Zoïlum.

Pexatus pulchrè rides mea, Zoïle, trita;

Sunt hæc trita quidèm, Zoïle : sed mea sunt.

---

(1) Togati erant clientes, capillati autèm servi.

XIX.

A Sextus.

J'eusse voulu t'aimer, tu veux que je t'honore :

Il faut, Sextus, t'obéir en tout point.

Oui je t'honorerai : je ferai plus encore;

Mais, en ce cas, je ne t'aimerai point.

XX.

Contre Saufellus.

Celui que vous voyez, en robe d'améthyste, (1)

Traversant chaque allée, avancer à pas lents,

Que ce nombreux troupeau d'esclaves, de clients

Semble suivre à la piste,

Pour qui l'on fit tout neuf ce joli palanquin,

A moins de huit écus vient d'avoir l'avantage

De porter ce matin,

Pour avoir à souper, son anneau d'or en gage.

XXI.

Contre Zoïle.

Bien fourré, tu te ris de mon méchant pourpoint :

Il est usé, c'est vrai ; mais je ne le dois point.

---

(1) L'améthyste est une pierre précieuse d'un pourpre violet.

XXII. . . . . LXIV.

In Laurum.

Dummodò causidicum, dùm te modò rhetora fingis,
　Et non decernis, Laure, quid esse velis;
Peleos, et Priami transti, vel Nestoris annos,
　Et fuerat serum jàm tibi desinere.
Incipe, tres uno perierunt rhetores anno,
　Si quid habes animi, si quid in arte vales.
Si schola damnatur, fora litibus omnia fervent,
　Ipse potest fieri Marsya causidicus.
Eia age, rumpe moras; quò te spectabimus usquè?
　Dùm quid sis dubitas, jàm potes esse nihil.

XXIII. . . . . LXV.

In Salejanum.

Cur tristiorem cernimus Salejanum? —

An causa levis est? extuli, inquis, uxorem. —

O grande fati crimen! ô gravem casum!

Illa, illa dives mortua est Secúndilla,

Centena decies quæ tibi dedit dotis!

Nollem accidisset hoc tibi, Salejane.

XXII.

Contre Laurus.

Avocat ou rhéteur, tu penses faire un choix,
Et tu ne fixes pas ce qu'enfin tu veux être;
Mais des ans de Nestor tu sens déjà le poids : (1)
Dès long-temps il était tard de finir peut-être.
Commence : trois rhéteurs viennent de trépasser;
As-tu quelque savoir? As-tu quelque courage?
N'aimes-tu pas l'école, ailleurs il faut passer :
Marsya peut lui-même au barreau se placer;
Va, jamais le barreau ne brilla davantage.
Allons, plus de retard : Laurus, penses-y bien;
En hésitant, bientôt tu peux devenir rien.

XXIII.

Contre Saléjanus.

Pourquoi Saléjanus est-il donc si chagrin? —
J'ai bien raison! je viens d'enterrer mon épouse. —
O ciel! quel accident! quel crime du destin!
Quel coup vous a porté la fortune jalouse!
La riche Sécundille a terminé son sort,
Et de cent mille écus vous laisse un coffre-fort!...
Ah! je ne voudrais pas, Saléjanus, j'en jure,
Qu'il vous fût arrivé si fâcheuse aventure.

---

(1) Nestor vécut trois cents ans.

XXIV. . . . . LXVII.

In Posthumum,

Occurris quocumque loco mihi, Posthume, clamas
  Prótinùs, et prima est hæc tua vox, quid agis?
Hoc, si me deciès unâ conveneris horâ,
  Dicis : habes, puto, tu, Posthume nil quod agas.

XXV. . . . . . LXIX.

In Classicum.

Invitum cœnare foris te, Classice, dicis :
  Si non mentiris, Classice, disperéam.
Ipse quoquè ad cœnam gaudebat Apicius ire,
  Cùm cœnaret, erat tristior ille, domi.
Si tamèn invitus vadis, cùr, Classice, vadis? —
  Cogor, ais. — Verum est, cogitur et Selius...
En rogat ad cœnam Melior te, Classice rectam!.. (1)
  Grandia verba ubi sunt? si vir es, eccè nega.

XXVI. . . . . LXXVIII.

Ad Cœcilianum.

Æstivo serves ubi piscem tempore, quæris?
  In thermis serva, Cœciliane, tuis. (2)

---

(1) Attidius Melior, temporibus Domitiani, tantæ fuit elegantiæ
in mensâ, ut *Nitidus* appellaretur.
(2) Quæ erant nullius caloris.

XXIV.

Contre Posthumus.

PARTOUT où tu me vois, tu me dis : que fais-tu ?
Ce sont les premiers mots que ta bouche profère :
Me trouves-tu dix fois, c'est dix fois rebattu.
Je crois, moi, Posthumus, que tu n'as rien à faire.

XXV.

Contre Classicus.

JE n'aime point manger dehors,
    C'est bien malgré moi, si je sors. —
Si tu n'es pas menteur, Classicus, que je meure !
    Apicius l'aimait, l'ennui
    Le tuait, s'il mangeait chez lui. —
O c'est bien malgré moi ! — N'y va donc pas, demeure. —
Hélas ! on m'y contraint. — Tout comme Sélius...
    Mélior (1) t'offre, Classicus,
    Un repas de cérémonie !...
Où sont donc ces grands mots ?... Montre-toi, remercie.

XXVI.

A Cœcilianus.

Où garder le poisson dans l'été, me dis-tu ?
Dans tes bains, mon ami : j'en connais la vertu. (2)

_____

(1) Attidius Mélior était, du temps de Domitien, d'une élégance
dans les repas, qui le fit surnommer *Nitidus*, l'élégant.
(2) Ces bains étaient froids.

XXVII. . . . . LXXIX.

In Nasicam.

INVITAS tùnc me, cùm scis, Nasica, vocasse ;
Excusatum habeas me, rogo : cœno domi.

XXVIII. . . . . LXXX.

De Fannio.

HOSTEM cùm fugeret, se Fannius ipse peremit :
Hic rogo, non furor est, ne moriare, mori ? (1)

XXIX. . . . . LXXXI.

In Zoïlum.

LAXIOR hexaphoris tua sit lectica licebit,
Cùm tamèn hæc tua sit, Zoïle, sandapila.

XXX. . . . .LXXXVIII.

In Mamercum.

NIL recitas, et vis, Mamercè, poëta videri ;
Quidquid vis esto, dummodò nil recites.

---

(1) Hoc dictùm, non magis in Fannium, quàm in Catonem, Anni-
balem, etc... qui idem fecerunt.

XXVII.

Contre Nasica.

JE mange à la maison, cher Nasica, pardonne :
Tu m'invites toujours, quand tu sais que je donne.

XXVIII.

Sur Fannius.

EN fuyant l'ennemi se tuer, quel transport!...
Mourir, pour éviter la mort ! (1)

XXIX.

Contre Zoïle.

QUE huit hommes aient peine à porter ta litière,
Passe, à condition que ce soit là ta bière.

XXX.

Contre Mamercus.

SANS lire rien, tu veux pourtant paraître
Un grand poète, c'est fort bien.
Sois Mamercus, ce que tu voudras être,
Pourvu que tu ne lises rien.

---

(1) Cette épigramme est autant contre Fannius, que contre Caton,
contre Annibal, etc... qui firent comme lui.

XXXI. . , . . . LXXXIX.

In Gaurum.

Quòd nimio gaudes noctem producere vino,

    Ignosco; vitium, Gaure, Catonis habes :

Carmina quòd scribis, Musis, et Apolline nullo,

    Laudari debes; hòc Ciceronis habes :

Quòd vomis, Antoni; quòd luxuriaris, Apici :

    Quòd latro es, vitium dic mihi cujus habes?

XXXII. . . . . XC.

Ad Quintilianum.

Quintiliane, vagæ moderator summe juventæ,

    Gloria romanæ, Quintiliane, togæ!

Vivere quòd propero pauper, nec inutilis annis,

    Da veniam; properat vivere nemo satis.

Differat hoc, patrios optat qui vincere census,

XXXI.

Contre Gaurus.

BIEN avant dans la nuit, toujours tu trouves bon
De te gorger de vin ; Gaurus, je te pardonne,
　　　Tu le tiens de Caton.
　　Ta plume féconde nous donne
Des vers faits en dépit des Muses, d'Apollon,
Chacun doit t'en louer ; tu tiens de Cicéron.
Tu vomis... c'est d'Antoine, il faisait bien de même.
　　　Ton luxe effrayant est extrême,
Vice d'Apicius ; mais celui de Larron,
De qui l'auras-tu pris? Gaurus, dis-moi son nom.

XXXII.

A Quintilien.

O toi ! l'honneur de la toge romaine !
Quintilien, gouverneur éclairé
D'un âge, hélas ! trop inconsidéré !
Pauvre des biens, qu'en sa marche incertaine,
Sème en ce monde un aveugle hazard,
Pardonne-moi, de vivre je me presse ;
On ne le fait, comme il faut, nulle part :
Je veux surtout une utile jeunesse.
Mais qu'il diffère, autant qu'il lui plaira,
L'homme opulent, qui ne désirera

Atriaque immodicis arctat imaginibus : (1)

Me focus, et nigros non indignantia fumos

Tecta juvant, et fons vivus, et herba rudis.

Sit mihi verna satur; sit non doctissima conjux;

Sit nox cum somno; sit sinè lite dies.

XXXIII. . . . . XCIII.

Ad Regulum.

Primus ubi est, inquis, cùm sit liber iste secundus?
Quid faciam, si plus ille pudoris habet?
Tu tamèn, hunc fieri si mavis, Regule, primum,
Unum de titulo tollere iota potes.

---

(1) Imagines majorum collocabantur in atrio.

Que d'ajouter aux trésors de son père,
Par ses tableaux qu'il se mette à l'étroit. (1)
Pourvu que j'aie une fontaine claire,
Simple gazon, bon feu sous humble toit,
Pour mon valet nourriture abondante,
Une compagne aimable et peu savante,
Nuit de sommeil, jour de constante paix;
Pour moi suffit, mes vœux sont satisfaits.

XXXIII.

A Régulus.

C'est le livre II, où donc est le premier ? —
S'il n'ose se montrer, que faire ?
En premier à ton gré tu mettras ce dernier,
C'est un I seul qu'il faut soustraire.

----

(1) Les anciens plaçaient dans le vestibule les images de leurs
ancêtres.

SCELECTA M. V. MARTIALIS EPIGRAMMATA.

✳✳✳✳✳✳✳

EX LIBRO TERTIO.

I. . . . . . II.

Ad Librum suum.

Cujus vis fieri, libelle, munus?
Festina tibi vindicem parare,
Ne, nigram citò raptus in culinam,
Cordyllas madidâ tegas papyro,
Vel thuris, piperisque sis cucullus.
Faustini fugis in sinum! sapisti;
Illo vindice nec Probum timeto. (1)

II. . . . . . LIII. Lib. V.

In Posthumum.

Quæ mihi præstiteris memini, sempèrque tenebo:
  Cur igitur taceo, Posthume? tu loqueris.
Incipio quotiès alicui tua dona referre,
  Protinùs exclamat: dixerat ipse mihi.

---

(1) *Probum* posuit pro severissimo censore.

ÉPIGRAMMES CHOISIES
DE MARTIAL.

✳✳✳✳✳✳

DU LIVRE SECOND.

I.

A son Livre.

J'eusse pu te donner trois cents sujets, et plus ;
Mais qui les eût portés ? Qui même les eût lus ?
Apprends, s'il est succint, ce que pour un ouvrage
    Il peut résulter d'avantage :
    D'abord il faut peu de papier,
    Une heure pour le copier,
    (L'écrivain à mon badinage (1)
    N'en mettra même pas autant).
    Un troisième point important,
    Si jamais quelqu'un veut te lire,
    Quand tu serais partout au pire,
    Tu ne le fatigueras pas.
    Puis un convive, à son repas,
    Peut verser sa demi-mesure,
Te lire, et boire chaud après cette lecture.
Conçois-tu ma prudence, et ce qu'elle te vaut ?...
Combien te trouveront bien plus long qu'il ne faut !...

---

(1) Avant l'invention de l'imprimerie, les auteurs donnaient à des écrivains leurs ouvrages, pour en multiplier les copies.

II. . . . . III.

Ad Sextum.

Sexte nihil debes, nil debes, Sexte, fatemur;
    Debet enim, si quis solvere, Sexte, potest.

III. . . . . V.

Ad Decianum.

Ne valeam, si non totis, Deciane, diebus,
    Et tecum totis noctibus esse velim;
Sed duo sunt, quæ nos distingunt, millia passûm:
    Quatuor hæc fiunt, cùm rediturus eam.
Sæpè domi non es; cùm sis quoquè, sæpè negaris:
    Vel tantùm causis, vel tibi sæpè vacas.
Te tamèn ut videam, duo millia non piget ire;
    Ut te non videam, quatuor ire piget.

IV. . . . . VII.

In Attalum.

Declamas bellè, causas agis, Attale, bellè,
    Historias bellas, carmina bella facis;

II.

A Sextus.

Tu ne dois rien, Sextus, pourrais-je le nier?
On ne doit en effet qu'alors qu'on peut payer.

III.

A Décianus.

Cher Décianus, que je meure,
Si je ne désire à toute heure,
De nuit, de jour, d'être avec vous;
Mais deux milles sont entre nous; (1)
Cé sont quatre pour mon voyage,
S'il faut revenir sur mes pas.
Souvent j'ai le désavantage,
Ou de ne vous rencontrer pas,
Ou de vous trouver en affaire.
Cependant pour vous voir, deux milles ne sont rien;
Décianus pour le contraire,
Quatre je les regrette bien.

IV.

Contre Attalus.

Il plaide joliment, il déclame de même;
Il fait contes et vers, mais d'une grâce extrême;

(1) Les distances se comptaient alors de mille en mille pas.

Componis bellè mimos, epigrammata bellè;

    Bellus grammaticus, bellus es astrologus;

Et bellè cantas, et saltas, Attale, bellè,

    Bellus es arte lyræ, bellus es arte pylæ.

Nil benè cùm facias, facis àttamèn omnia bellè :

    Vis dicam quid sis? magnus es ardelio.

V. . . . . VIII.

Ad Lectorem.

Si qua videbuntur chartis tibi, lector, in istis

    Sivè obscura nimìs, sive latina parùm,

Non meus est error : nocuit librarius illis,

    Dùm properat versus annumerare tibi.

Quòd si non illum, sed me peccasse putabis,

    Tùnc ego te credam cordis habere nihil. —

Ista tamèn mala sunt. — Quasì nos manifesta negamùs :

    Hæc mala sunt; sed tu non meliora facis.

VI. . . . . XI.

In Selium.

Quòd fronte Selium nubilâ vides, Rufe,

Quòd ambulator porticum terit serus,

Jamais grammairien n'a dit plus gentiment ;
Jamais on n'observa les cieux plus finement ;
Quelles grâces il met dans l'intrigue d'un drame !
Avec quel agrément il fait une épigramme !
Très-adroit au ballon, charmant musicien,
Danseur mignon cent fois, il ne fait rien de bien,
Mais tout fort joliment. Veut-on son caractère ?
Il est, s'il faut le dire, *un grand homme à rien faire.* (·

V.

Au Lecteur.

Si tu trouves dans cet ouvrage
Quelque chose d'obscur, contre le bon usage ;
C'est la faute de l'écrivain,
Qui, te comptant les vers, fit galopper sa main. —
C'est à l'auteur que je l'assigne. —
Ah ! d'un homme d'honneur ta pensée est indigne. —
Mais c'est mauvais ! — c'est vrai, Lecteur ;
Cependant tu ne fais jamais rien de meilleur.

VI.

Contre Sélius.

O que de Sélius le front est nébuleux !
Qu'il se promène tard ! remarquez son visage,

---

(1) Chrysologue est tout, et n'est rien. *J. B. Rousseau.*

Lugubre quiddam quòd tacet piger vultus,
Quòd penè terram tangit indecens nasus,
Quòd dextrâ pectus pulsat, et comam vellit :
Non ille amici fata luget, aut fratris ;
Uterque natus vivit, et precor vivat ;
Salva est et uxor, sarcinæque, servique ;
Nil colonus, villicusque decoxit :
Mœroris igitùr causa quæ? domi cœnat.

VII . . . . . XIII,

Ad Sextum.

Et judex petit, et petit patronus ;
Solvas censeo, Sexte, creditori. (1)

VIII . . . . . XV.

Ad Hermum.

Quòd nulli calicem tuum propinas,
Humanè facis, Herme, non superbè. (2)

---

(1) Creditori solve, ne in tres incidas.
(2) Os illi fœtidum erat.

Que son morne silence est d'un mauvais présage !
Il se frappe le sein, s'arrache les cheveux ;
Son nez indécemment touche presqu'à la terre.
Pleure-t-il un ami ? regrette-t-il un frère ?
Ses deux enfants vont bien, prions pour leur santé ;
Sa femme, Dieu merci, n'a jamais mieux été ;
Ses esclaves soumis mènent bien son ménage ;
Son colon, son fermier n'ont fait aucun dommage. —
Mais de tant de chagrin quelle est donc la raison ? —
    Il soupe en sa maison.

VII.

A Sextus.

Ainsi que l'avocat, le juge te demande ;
Paye ton créancier, je te le recommande. (1)

VIII.

A Hermus.

    Vous n'avez présenté
    Votre coupe à personne ;
    La raison en est bonne :
Ce n'est point par orgueil, c'est par humanité. (2)

---

(1) Pour éviter d'en avoir trois.
(2) Il avait du mal à la bouche.

IX. . . . . XVIII.

In Maximum.

CAPTO tuam, pudet heu! sed capto, Maxime, cœnam;

Tu captas aliam : jàm sumus ergò pares.

Manè salutatum venio; tu diceris isse

Antè salutatum : jàm sumus ergò pares.

Sum comes ipse tuus, tumidique anteambulo regis; (1)

Tu comes alterius : jàm sumus ergò pares.

Esse sat est servum; jàm nolo vicarius esse : (2)

Qui rex est, regem, Maxime, non habeat.

X. . . . . XX.

De Paulo.

CARMINA Paulus emit, recitat sua carmina Paulus;

Nàm, quod emas, possis dicere jure tuum.

_____

(1) Patroni.

(2) Vicarius esse, esse secundus servus.

IX.

Contre Maximus.

Je cours après ta table; hélas! oui, j'en ai honte,

Mais, Maximus, j'y cours :

Tu cours après une autre; et partant à ce compte

Nous sommes bien pareils. De bon matin toujours

Je vais te saluer; même cérémonie

T'a fait sortir auparavant :

Pareils par conséquent.

Je te tiens compagnie,

Je marche devant toi,

Ton orgueil est extrême :

Ailleurs, client tout comme moi,

Tu vas marchant de même :

Parallèle complet.

C'est assez d'être esclave, et je ne veux plus être

Esclave de qui l'est :

Qu'un maître soit sans maître.

X.

Sur Paul.

Paul achète un poème, et dit que c'est le sien;

Ce que nous achetons, n'est-il pas notre bien?

XI. . . . . XXX.

In Caïum.

Mutua viginti sestertia fortè rogabam,
  Quod vel donanti non grave munus erat;
Quippè rogabatur felixque, vetusque sodalis,
  Et cujus laxas arca flagellat opes.
Is mihi, dives eris, si causas egeris, inquit. —
  Quod peto da, Caï, non peto consilium.

XII. . . . . XXXII.

In Ponticum.

Lis mihi cum Balbo est; tu Balbum offendere non vis,
  Pontice. Cum Licino est; hic quoque magnus homo est.
Vexat sæpè meum Patrobas confinis agellum;
  Contrà libertum Cæsaris ire times.
Abnegat, et retinet nostram Laronia servam;
  Respondes : orba est, dives, anus, vidua.
Non benè, crede mihi; servo servitur amico :
  Sit liber dominus, qui volet esse meus.

XIII. . . . . XXXV.

Ad Phœbum.

Cum sint crura tibi simulent quæ cornua lunæ,
  In rhytio poteras, Phœbe, lavare pedes. (1)

___

(1) Rhytium erat vas quoddam incurvum, et cornui simillimum.

XI.

Contre Caïus.

JE priais Caïus de me prêter cent sous,
Il eût pu les donner; car, soit dit entre nous,
C'est un vieux camarade, un ami véritable;
En son coffre il a d'or un poids considérable.
Entre au barreau, dit-il, et tu t'énrichiras. —
Donne-moi donc cent sous; d'avis, je n'en veux pas.

XII.

Contre Ponticus.

PEUX-TU contre Balbus pour moi t'intéresser? —
    Je ne voudrais pas l'offenser! —
Mais contre Licinus j'ai besoin de défense. —
    C'est un homme de conséquence! —
Mes champs sont dévastés par mon voisin Basarr —
    C'est un affranchi de César! —
Laronia refuse, et retient ma servante. —
    Elle est veuve, vieille et puissante! —
    S'il est esclave, un ami ne vaut rien;
Soit libre le patron qui veut être le mien.

XIII.

A Phœbus.

TES jambes à croissant, Phœbus, m'ont fait trouver,
Qu'en nos vases cornus tu pourrais les laver. (1)

_____

(1) Le Rhytium, dont parle Martial, était un vase recourbé, et
en forme de corne.

XIV. . . . . XXXVII.

In Cæcilianum.

QUIDQUID ponitur hìnc et indè verris;

Mullum dimidium, lupumque totum,

Communemque duobus attagenam,

Murenæque latus, femurque pulli,

Stillantem alicâ suâ palumbum.

Hæc cùm condita sunt madente mappâ,

Traduntur puero domum ferenda:

Nos accumbimus otiosa turba;

Ullus si pudor est, repone dœnam:

Cras te, Cæciliane, non vocavi.

XV. . . . . XXXVIII.

In Linum.

QUID mihi Reddat ager quæris, Line, Nomentanus;

Hoc mihi reddit ager, te, Line, non video.

XIV.

Contre Cæcilianus.

Du plus fin, du plus délectable
Choisissant sur toute la table,
Tu prends la moitié d'un mulet, (1)
Un loup entier, la cuisse d'un poulet;
Sur une perdrix succulente
Près de là tu jettes la main,
Puis tu l'accompagnes soudain
D'un beau morceau d'une anguille charmante,
Et d'un pigeon délicieux :
Tu prends partout sur plat et sur assiette.
Par un valet officieux
Tout, bien mis dans une serviette,
Prend le chemin de ton logis ;
Et nous, nonchalamment assis,
Gardons la faim, qui nous dévore.
Rends-le nous, s'il te reste encore
Tant soit peu de respect humain :
Je ne t'ai pas invité pour demain.

XV.

Contre Linus.

Que vous rend votre champ ? me dites-vous, Linus :
Ce qu'il me rend !... Que je ne vous vois plus.

---

(1) Le mulet, le loup : poissons autrefois fort estimés.

XVI. . . . XL.

In Tongilium.

Uri Tongilius malè dicitur hemitritæo :

Novi hominis mores , esurit atque sitit.

Subdola tenduntur crassis modò retia turdis ,

Hamus et in mullum mittitur, atque lupum ;

Cæcuba siccentur , quæque annus coxit Opimi ; (1)

Condantur parco fusca Falerna vitro. (2)

Omnes Tongilium medici jussère lavari ;

O stulti ! febrem creditis esse ! gula est.

XVII. . . . . XLIII.

In Candidum.

Candide, KOINA PHILON, hæc sunt tua, candide, PANTA,

Quæ tu magniloquus nocte dieque sonas.

---

(1) Opimio consule fuit temperies , quæ *coctura* dicitur auctore Plinio.

(2) Exiguo vase, quali utuntur ægrotantes.

XVI.

Contre Tongilius.

C'est à tort qu'on lui croit une fièvre brûlante ;
Je connais bien notre homme, il a soif, il a faim.

Tongilius n'a d'autre fin
Que de faire tomber la grive succulente
Plus finement dans son filet,
De jeter l'hameçon sur le loup, le mulet.
Voulez-vous le sauver du goufre de l'Averne,
Vite remplissez-lui son petit gobelet (1)
Du vin bien couvert de Falerne ;
Du vin cuit sous Opimius. (2)
Versez-lui vite l'excellence.
A ce pauvre Tongilius,
Par la même ordonnance,
Nombre de médecins
Ont commandé les bains.
Insensés ! que je vous le dise :
De fièvre il n'en a point... mais force gourmandise.

XVII.

Contre Candidus.

Tout doit être en commun avec de bons amis :
Candidus, c'est la phrase
Qu'avec beaucoup d'emphase
Jour et nuit tu nous dis.

---

(1) Le petit gobelet d'un malade.

(2) Sous le consulat d'Opimius, on éprouva une température que
Pline appelle *Coctura* (qui cuit).

Te Lacedæmonio velat toga Iota Galeso, (1)

    Vel quam seposito de grege Parma dedit;

At me, quæ passa est furias et cornua tauri,

    Noluerit dici quam pila prima suam. (2)

Misit Agenoridæ Cadmi tibi terra lacernas: (3)

    Non vendes nummis coccina nostra tribus.

Tu Libycos Indis suspendis dentibus orbes: (4)

    Fulcitur testâ fagina mensa mihi.

Immodici tibi flava tegunt chrysendeta mulli:

    Concolor in nostrâ, Cammare, lance rubes.

Ex opibus tantis veteri, fidoque sodali

    Das nihil, et dicis, Candide, KOINA PHILON!

---

(1) Præstantissima erat lana apud Galesum flumen Tarentinum. Lacædemones Tarentum condiderunt duce Phalanto.

(2) Pila : effigies lanea Compitalis.

(3) Tyrias et purpureas.

(4) Mensas citreas; Atlas mons Libyæ citro abundabat, undè mensæ fiebant maximi pretii, quæ ebore sustinebantur.

ÉPIGRAMMES CHOISIES
DE MARTIAL.

******

DU LIVRE TROISIÈME.

I.

A son Livre.

DE toi, mon livre, à qui ferai-je un don?
Qui veux-tu? hâte-toi de choisir un patron,
   Crainte qu'au fond d'une cuisine obscure,
Ton humide papier n'aille par aventure
   Servir d'habit à des poissons gluants,
Ou fournir des cornets pour le poivre et l'encens.
   Tu prends Faustin!.. Tu ne pouvais mieux faire,
Pour narguer des censeurs le plus atrabilaire. (1)

II.

Contre Posthumus.

DE tous vos bienfaits signalés
J'ai, j'aurai toujours souvenance.
Pourquoi gardé-je le silence?
C'est que, Posthumus, vous parlez.
Devant quelqu'un si je commence,

---

(1) Le poète a mis *Probus*, pour le censeur le plus sévère.

8

Non belle quædam faciunt duo ; sufficit unus

Huic operi ; si vis ut loquar, ipse tace.

Crede mihi, quamvis ingentia, Posthume, dona,

Auctoris pereunt garrulitate sui.

III. . . . . VIII.

In Quinctum.

THAIDA Quinctus amat. — Quam Thaïda ? — Thaïda luscam. —
Unum oculum Thaïs non habet, ille duos.

IV. . . . . IX.

In Cinnam.

VERSICULOS in me narratur scribere Cinna :
Non scribit, cujus carmina nemo legit.

V. . . . . XII.

In Fabullum.

UNGUENTUM, fateor, bonum dedisti (1)
Convivis herè ; sed nihil scidisti.

(1) M . . . . ante cœnam ungerentur conyivæ.

Voici qu'il s'écrie aussitôt :
« Lui-même il l'avait dit tantôt. »
Dans certaines choses à faire
Deux ensemble ne vont pas bien ;
Un seul suffit pour cette affaire.
Je parlerai, ne dites rien.
Quelque grand que soit un service,
En vérité, mon bienfaiteur,
Il faut, croyez-moi, qu'il périsse
Par le babil de son auteur.

III.

Contre Quinctus.

QUINCTUS aime Thaïs. — La borgne, dit quelqu'un !...
Thaïs manque d'un œil... Quinctus n'en a pas un.

IV.

Contre Cinna.

PLEIN de fiel, contre moi Cinna, dit-on, écrit :
Il n'écrit pas, celui que personne ne lit.

V.

Contre Fabullus.

EN parfums, Fabullus, tu nous a bien servis ; (1)
Ils étaient, j'en conviens, délicieux, exquis.

_____

(1) Avant le repas on distribuait des parfums aux convives.

Res salsa est benè olere, et esurire?

Qui non cœnat, et ungitur, Fabulle,

Hic verè mihi mortuus videtur.

VI. . . . . XXII.
De Apicio.

DEDERAS, Apici, bis tricenties ventri, (1)

Sed adhuc supererat centies tibi Laxum;

Hoc tu gravatus, ne famen et sitim ferres,

Summâ venenum potione duxisti:

Nil est, Apici, tibi gulosius factum.

VII. . . . . XXV.
Ad Faustinum.

Si temperari balneum cupis fervens,
Faustine, quod vix Sylvianus intraret;
Roga, lavetur, rhetorem Sabineium,
Neronianas hic refrigeret thermas.

---

(2) Apicius, scientiam popinæ professus, disciplinâ suâ sæculum
infecit : superfuturum denique sibi sestertiûm centies computavit, et
velùt in u   fame victurus, veneno vitam finivit.

On s'attendait à voir servir la table,

Mais point du tout, on attendit envain.

Sentir bien bon, avoir beaucoup de faim,

C'est-il, dis-moi, chose fort agréable?...

L'homme que l'on embaume, et qui ne mange pas,

Est ou mort, ou traité comme après son trépas.

VI.

Sur Apicius.

APRÈS avoir, Apicius, (1)

A ton ventre donné six fois cent mille écus,

Tu te trouvas au bout du compte

N'avoir plus que cent mille; accablé d'un destin

Qui te fesait frémir, et te couvrait de honte,

Pour ne souffrir ni soif ni faim,

Tu pris de poison forte dose,

Et par là tu finis... O Dieu! la belle chose!

Tu n'as certainement

Fait rien de plus gourmand.

VII.

A Faustin.

VOUDRAIS-TU tempérer un bain,

Que redouterait Sylviain?

Vois Sabinéius, fais l'entrer dans la cuve :

Ce rhéteur peut glacer la plus bouillante étuve.

_____

(1) Apicius, après avoir donné des leçons de débauche à son siècle, calcula qu'il ne lui restait plus que la septième partie d'une fortune immense; il s'empoisonna pour ne pas vi   ière.

VIII. . . . . X.

In Philomusum.

Constituit, Philomuse, pater tibi millia bina
    Menstrua, perque omnes præstitit illa dies;
Luxuriam premeret cùm crastina semper egestas,
    Et vitiis esset danda diurna tuis.
Idem te moriens hæredem ex asse reliquit:
    Exhæredavit te, Philomuse, pater.

IX. . . . . XXXI.

In Rufinum.

Sunt tibi, confiteor, diffusi jugera campi,
    Urbanique tenent prædia multa lares;
Et servit dominæ numerosus debitor arcæ,
    Sustentatque tuas aurea mensa dapes.
Fastidire tamen noli, Rufine, minores:
    Plus habuit Didymus; plus Philomelus habet.

X. . . . . XXXV.

De piscibus sculptis.

Artis Phidiacæ torcuma clarum, (1)
Pisces adspicis : adde aquam, natabunt.

---

(1) Phidias sculptor atheniensis claruit minoribus simulacris sculpendis.

VIII.

Contre Philomusus.

CHAQUE matin ta bourse eût été ruinée,
A tes nombreux excès pour fournir chaque fois,
Ton père te donnait deux mille écus par mois;
Mais cela seulement de journée en journée.
Pour unique héritier enfin il t'a porté...
Pauvre Philomusus, il t'a déshérité.

IX.

Contre Rufin.

TU possèdes, Rufin, une campagne immense,
Beaucoup d'argent placé, beaucoup en coffre-fort;
Dans tes nombreux hôtels quelle magnificence!
L'or brille sur ta table... Ah! jouis de ton sort;
Mais ne méprise pas ceux d'un plus bas étage:
Didymus eut bien plus; Tullus a davantage.

X.

Sur des poissons sculptés.

Sur cet or qui respire,
Ton œil surpris admire
Ces poissons qu'a sculptés un habile ciseau! (1)
Tu les verras nager, si tu les mets dans l'eau.

---

(1) Phidias, sculpteur athénien, excellait à sculpter en miniature.

XI. . . . . XLI.

De lacertâ cœlatâ.

INSERTA Phialæ, Mentoris manu ducta (1)
Lacerta vivit, et timetur argentum.

XII. . . . . XL.

In Thelesinum.

MUTUA quòd nobis ter quinquaginta dedisti,

    Ex opibus tantis, quas gravis arca premit;

Esse tibi magnus, Thelesine, videris amicus :

    Tu magnus, quòd das; immò ego, quod recipis.

XIII. . . . . XXXVIII.

Ad Sextum.

QUÆ te causa trahit, vel quæ fiducia Romam,

    Sexte? quid aut speras, aut petis indè? refer. —

Causas, inquis, agam Cicerone disertiùs ipso,

    Atque erit in triplici par mihi nemo foro. — (2)

---

(1) Mentor argenta Cælando maximè excelluit.
(2) Forum vetus, forum Cæsaris, forum Augusti.

XI.

Sur un Lézard gravé sur un vase d'argent.

MENTOR, il parait plein de vie, (1)
Ce lézard, qu'en ce vase a tracé ton burin!
   L'attitude est si bien suivie,
Que l'argent même ici fait reculer la main.

XII.

Contre Thélésinus.

   DE l'immense richesse
   Qui fait gémir ta caisse,
   Tu m'as donné, Thélésinus,
   Une somme de vingt écus,
   Et tu te crois un bien grand homme?
Oui, tu l'es de donner... Je le suis encor plus
De ce que tu veux bien reprendre cette somme.

XIII.

A Sextus.

A Rome quelle cause, ou bien quelle assurance
T'entraîne, cher Sextus? Dis-moi quelle espérance
   Te détermine à t'en aller? —
J'y plaiderai si bien! avec tant d'éloquence!
Que nul, aux trois barreaux, ne pourra m'égaler; (2)

----

(1) Mentor se distinguait alors par ses gravures sur l'argent.

(2) Aux trois barreaux : l'ancien barreau, celui de César et celui d'Auguste.

Egit Atestinus causas, et Marcus; utrumque

    Nôras : sed neutri pensio tota fuit. —

Si nihil hinc veniet, pangentur carmina nobis;

    Audieris, dices esse Maronis opus. —

Insanis! omnes gelidis quicumque lacernis

    Sunt tibi, Nasones Virgiliosque vides. —

Atria magna colam? — Vix tres aut quatuor ista

    Res aluit; pallet coetera turba fame. —

Quid faciam? suade; nàm certum est vivere Romæ. —

    Si bonus es, casu vivere, Sexte, potes.

XIV. . . . . XLIII.

In Lentinum.

MENTIRIS juvenem tinctis, Lentine, Capillis;

    Tàm subitò corvus, qui modò cycnus eras.

Non omnes fallis : scit te Proserpina canum,

    Personam capiti detrahet illa tuo.

XV. . . . . XLIV.

In Ligurinum.

OCCURRIT tibi nemo quòd libenter,

Quòd quacumquè venis, fuga est, et ingens

J'y vaincrais Cicéron lui-même. —
Tu connais bien Marcus, tu connais Atestin :
Ils y furent tous deux d'une misère extrême. —
  Si de ce côté le destin
Se tourne contre moi, je publie un poème,
Qu'aux œuvres de Virgile on pourra comparer. —
  Es-tu fou de parler de même ?
Ceux, qu'en mauvais haillons dans Rome on voit errer,
Sont tous, mon bon ami, presque tous des Virgiles ! —
  J'irai faire ma cour aux grands. —
Mais, tandis que de faim mille autres sont mourants,
Ces moyens-là, mon cher, furent, hélas ! utiles
  A trois ou quatre tout au plus. —
Mais que faire ? dis-moi ; car d'aller vivre à Rome
Je suis bien décidé. — C'est du hasard, Sextus ;
  Que peut y vivre un honnête homme.

XIV.

Contre Lentinus.

Avec tes cheveux blancs tu fais le jouvenceau ;
Hier cygne, aujourd'hui tu te montres corbeau :
La mort, qui te fais blanc, pauvre menteur, est prête
A t'arracher bientôt ce masque de la tête.

XV.

Contre Ligurinus.

Lassé, Ligurinus, de tant de solitude,
Tu viens me demander dans ton inquiétude,

Circà te, Ligurine, solitudo,

Quìd sit scire cupis?... nimìs poëta es.

Hoc valdè vitium periculorum est.

Non tigris catulis citata raptis,

Non dipsas medio perusta sole, (1)

Non sic scorpius improbus timetur.

Nàm tantos, rogo, quis ferat labores?

Et stanti legis, et legis sedenti,

Currenti legis, et legis cacanti.

In thermas fugio, sonas ad aurem,

Ad cœnam propero, tenes euntem,

Ad cœnam venio, fugas sedentem,

Lassus dormio, suscitas jacentem.

Vis, quantùm facias mali, videre?

Vir justus, probus, innocens timeris.

XVI. . . . . LVIII.

De Villâ Faustini ad Bassam.

BAJANA nostri villa, Bassa, Faustini

Non otiosis ordinata myrtetis,

Viduâque platano, tonsilique buxeto

Ingrata lati spatia detinet campi;

---

(1) Dipsas : serpens cujus morsus lhetiferam dat sitim.

Pourquoi, de toutes parts chacun fuit loin de toi ?

Pourquoi, te rencontrant, chacun tremble pour soi ?...

Chacun, Ligurinus, te trouve trop poète !

Le dangereux défaut !.. la plus horrible bête,

Le dipsade à midi, la tigresse en fureur, (1)

Qui, cherchant ses petits, poursuit leur ravisseur,

De l'affreux scorpion la meurtrière atteinte,

N'inspireront jamais tant d'effroi, tant de crainte !

Quelqu'un est-il debout, quelqu'un est-il assis,

Quelqu'un court-il, fait-il autre chose : tu lis.

Accablé de sommeil, je dors, ta voix m'éveille ;

Vais-je au bain, tu me suis, me déchirant l'oreille ;

Entré-je pour souper, tu viens me retenir ;

A table me vois-tu, tu me forces à fuir.

Veux-tu savoir le mal que tu nous fais ? Écoute :

Juste, probe, innocent, partout on te redoute.

XVI.

A Bassa sur la maison de campagne de Faustin.

Aux champs, que devers Baïe a mon ami Faustin,

Bassa, l'on ne perd pas un immense terrain,

En de vastes complants de myrtes inutiles,

De buis bien façonnés, de platanes stériles.

---

(1) Le dipsade : serpent, dont la morsure occasione une soif ardente et mortelle.

Sed rure vero, barbaroque Lætatur.

Hìc farta premitur angulo Ceres omni,

Et multa fragrat testa senibus autumnis. (1)

Hìc pòst novembres, imminente brumâ,

Seras putator horridus refert uvas.

Truces in altâ valle mugiunt tauri,

Vitulusque inermi fronte prurit in pugnam.

Vagatur omnis turba sordidæ cortis :

Argutus anser, gemmeique pavones,

Nomenque debet quæ rubentibus pennis, (2)

Et picta perdix, numidæque guttatæ,

Et impiorum phasiana Colchorum,

Sonantque turres plausibus columbarum ;

Gemit hinc palumbus, indè cereus turtur.

Avidi sequuntur villicæ sinum porci,

Matremque plenam mollis agnus expectat. (3)

---

(1) Frugibus.
(2) Phænicopterus.
(3) Plenam lacte.

C'est partout la nature en sa simplicité,

Partout franche campagne, et pure vérité.

Là Cérès, d'un bon sol orgueilleuse et superbe,

De toutes parts entasse et le grain et la gerbe :

Mille vases, remplis de fruits délicieux,

En exhalent au loin les parfums précieux.

L'hiver approche-t-il?.. Sur la fin de l'automne,

Vigneron sans façon vient vous voir, et vous donne

Le dernier des raisins mûris sur les coteaux.

Au fond de la vallée, on entend les taureaux

Mugir brûlants d'amour ; plus jeune, et sans défense

Le veau pour les combats frémit d'impatience.

Dans une basse-cour, sur son pavé fangeux,

Libre, et presqu'au hasard erre un troupeau nombreux.

Là, l'oie au cri perçant, la perdrix sémillante,

L'oiseau qui doit son nom à sa plume brillante ; (1)

Là la poule numide au corps tout moucheté,

Et le paon diapré, si fier de sa beauté.

De la palombe ici c'est la voix gémissante,

Ici du tourtereau c'est la plainte touchante.

Là, du haut d'une tour, c'est le pigeon fuyard,

Qui d'une aile bruyante annonce son départ.

Là c'est l'oiseau charmant venu des bords du phase.

Le porc, toujours goulu, se vautre dans la vase ;

La fermière parait, il la suit en grognant ;

L'agneau cherche sa mère, et l'appelle en bêlant.

_____

(1) Le flamant, dont les ailes paraissent au soleil d'un rouge de feu.

Cingunt serenum lutei focum vernæ,

Et larga festos lucet ad Lares sylva.

Hic tendit avidis rete subdolum turdis,

Tremulâve captum lineâ trahit piscem,

Aut impeditam cassibus refert damam.

Nec venit inanis rusticus salutator ;

Fert ille ceris flava cùm suis mella,

Metamque lactis, Sassinate de sylvâ. (1)

Somniculosos ille porrigit glires ;

Hic vagientem matris hispidæ fœtum : (2)

Et dona matrum vimineo ferunt texto, (3)

Grandes proborum virgines colonorum.

Facto vocatur lætus opere vicinus ;

Nec avara servat crastinas dapes mensa ;

Vescuntur omnes, ebrioque non novit

Satur minister invidere convivæ.

---

(1) Caseum formâ imitantem metam.

(2) Hœdum.

(3) Ova.

Là d'esclaves soumis, près d'un foyer tranquille,
Se réchauffe un essaim peu propre, mais utile ;
Et d'immenses tributs des forêts de ces lieux
Charment, en bien brûlant, les domestiques Dieux.
L'un va prendre un poisson à la ligne tremblante,
L'autre dans ses filets la grive succulente :
Dans ses toiles un autre, embarrassant le daim,
Se saisit de sa proie, et l'apporte soudain.
A-t-on d'un villageois la visite timide ?
Le bon homme ne vient jamais là poche vide.
L'un de loirs assoupis vient vous faire un présent,
L'autre d'un bon chevreau, d'un fromage excellent
Qu'aux champs de Sessina, l'on sait tailler en cône ;
Un autre d'un miel pur avec sa cire jaune.
Dans des paniers d'osiers, des colons vertueux
Les filles proprement vous présentent des œufs.
A la fin du travail, aussitôt on envoie
Inviter à souper le voisin plein de joie.
On soupe bien gaiement, et nulle avare main
Ne vient y réserver rien pour le lendemain :
Chacun mange à son aise, on veut que chacun vive,
Et l'esclave n'est point jaloux de son convive.

Mais dans vos champs, Bassa, si pleins d'aménité,
Dites-moi, qu'avez-vous ?.. Belle stérilité !...
D'une tour dont le front va se perdre en la nue
Sur des lauriers sans fruit vous étendez la vue,

At tu sub urbe possides famem mundam,
Et turre ab altâ prospicis meras laurus,
Furem Priapo non metuente securus ;
Et vinitorem farre pascis urbano,
Pictamque portas otiosus ad villam
Olus, ova, pullos, poma, caseum, vinum.
Rus hoc vocari debet, an domus longa? (1)

XVII. . . . . XLV.
In Ligurinum.

Fugerit an mensas Phœbus, cœnamque Thyestæ,

Ignoro, fugimus nos; Ligurine, tuam.

Illa quidem lauta est, dapibusque instructa superbis,

Sed nihil omninò, te recitante, placet.

Nolo mihi ponas Rhombum, mullumve bilibrem,

Non volo boletos, ostrea nolo : tace.

XVIII. . . . . L.
In eumdem.

Hæc tibi non alia est ad cœnam causa vocandi,
Versiculos recites ut, Ligurine, tuos.

---

(1) Villam emerat Faustinus, in quâ affluebant omnia. Singularia
commemorat poëta, ut tantò magis villam Bassæ derideat, in quâ
nil præter arbores steriles, meras laurus et siuè fructu visebatur.

Contre tous les voleurs toujours bien rassuré ;
Le blé que de la ville on vous a voituré
Nourrit le gardien de votre belvédère.
Sitôt que l'on vous voit libre de toute affaire,
Vous y faites porter des légumes, des œufs,
Des fromages, des fruits, des poulets, du vin vieux.
C'est-il une campagne?... Eh! non, Bassa, je pense
Qu'on dirait beaucoup mieux une maison immense. (1)

XVII.
Contre Ligurinus.

Le soleil a-t-il fui le festin de Thyeste?
    Ligurinus, je n'en sais rien ;
    Mais, à coup sûr, je fuis le tien.
Il est beau, magnifique, attrayant, et le reste ;
    Mais, d'après ton maudit travers,
    Il me faut dévorer tes vers.
Je ne veux ni mulet, ni truite friande,
    Ni loup énorme, ni saumon,
    Je ne veux point de champignon :
Tais-toi, tais-toi ; c'est là tout ce que je demande.

XVIII.
Contre le même.

Invites-tu quelqu'un à manger à ta table,
C'est pour lire tes vers, tu n'as d'autre motif.

---

(1) Faustin avait acheté un bien, où tout se trouvait en abondance.
Le poète se plaît à entrer dans le détail le plus scrupuleux, pour
mieux se moquer de la campagne de Bassa, où l'on ne voyait que
des arbres stériles.

Deposui soleas : affertur protinùs ingens,

 Inter lactucas, oxigarumque liber.

Alter perlegitur, dùm fercula prima morantur;

 Tertius est, nec adhûc mensa secundâ venit;

Et quartum recitas, et quintum denique librum.

 Putidus est, toties si mihi ponis aprum.

Quòd si non scombris scelerata poëmata dones, (1)

 Cœnabis solus jam, Liguriue, domi.

XIX. . . . . LII.

Ad Tongilianum.

Empta domus fuerat tibi, Tongiliane, ducentis :

 Abstulit hanc nimiùm casus in urbe frequens.

Collatum est decies; rogo, non potes ipse videri

 Incendisse tuam, Tongiliane, domum?

XX. . . . . LXIII.

In Cotilum.

Cotile, bellus homo es, dicunt hoc, Cotile, multi;

 Audio : sed quid sit, dic mihi, bellus homo? —

Bellus homo est, flexo qui digerit ordine crines;

 Balsama qui semper, cinnama semper olet;

---

(1) Scombri pisces erant sulfurei coloris. Hispaniâ præsertim mittebantur cucullo papyraceo. *Oxigarum*, vel acutum garum, hoc est
ex aceto confectum, in principio mensæ apponi solebat.

J'ai quitté la sandale (1), esclave expéditif,
De tes œuvres portant un tome épouvantable,
Entre sauce et laitue aussitôt nous le sert : (2)
On attend le service, il en porte un deuxième ;
Un troisième le suit, même avant le dessert.
Un quatrième vient, tu m'en lis un cinquième.
J'aime le sanglier ; pour me le voir haïr,
Fais m'en, Ligurinus, aussi souvent servir.
Porte tes méchants vers à l'épicier Clitandre ;
A manger seul chez toi, sinon, tu peux t'attendre.

XIX.

A Tongilianus.

UNE maison te coûtait mille écus :
Tu la perds d'accident ici trop ordinaire. (3)
Quête aussitôt, qui te rend dix fois plus ;
Dis, ne pourrais-tu pas nommer l'incendiaire ?

XX.

Contre Cotilus.

VOUS êtes, on le dit, un homme bien charmant !
J'entends. Mais, Cotilus, qu'est-ce donc qu'un tel homme ? —
C'est un homme peigné toujours artistement,
Exhalant en tout lieu le nard, le cinnamome ; (4)

---

(1) Chaussure que l'on quittait avant de se mettre à table.
(2) On servait alors au commencement du repas la laitue avec une sauce au vinaigre.
(3) On voyait souvent des incendies

Cantica qui Nili, qui Gaditana susurrat;

    Qui movet in varios brachia volsa modos;

Inter fœmineas totâ qui luce cathedras

    ,Desidet, atque aliquâ semper in aure sonat;

Qui legit hinc, illinc missas, scribitque tabellas;

     Pallia vicini qui refugit cubiti;

Qui scit quam quis amet; qui per convivia currit;

     Hirpini veteres qui benè novit avos. — (1)

Quid narras? hoc est, hoc est homo, Cotile, bellus!...

     Res petricosa est, Cotile, bellus homo!

XXI. . . . . LV.
In Gelliam.

Quòd, quacumquè venis, cosmum migrare putamus,
   Et fluere excusso Cinnama fusa vitro;
Nolo peregrinis placeas tibi, Gellia, nugis:
   Scis, puto, posse meam sic benè olere canem.

XXII. . . . . LVI.
De cisternâ Ravennate.

Sit cisterna mihi, quàm vinea, malo Ravennæ;
   Cùm possim multò vendere pluris aquam.

---

(1) Hir ipus equus nobilissimus fuit victoriis.

Qui, d'une belle voix variant les doux sons,
Du Nil et de Cadis sait chanter les chansons;
Qui, présentant des bras de blancheur ravissante,
Sait toujours les mouvoir de façon différente;
Qui lit, qui même écrit billets doux, billets fins;
Qui craint de se salir à côté des voisins;
Qui passe tout son temps de ruelle en ruelle,
Occupé de parler toujours à quelque belle;
Qui sait tous les amants; qui court tous les festins;
Qui connaît les aïeux d'un coursier magnanime, (1)
Dont il fait dans la ville un éloge sublime. —
Quoi! c'est-là, dites-vous, c'est-là l'homme charmant!...
C'est quelque chose, hélas! de bien embarrassant!

XXI.
Contre Gellia.

VRAIMENT on jurerait, quelque part qu'elle vienne,
Que Gellia répand l'essence à plein flacon!
Mais ne t'en prévaux pas, Gellia; car ma chienne
Tu le sais bien, je crois, peut sentir aussi bon.

XXII.
Sur la citerne de Ravène.

J'AIMERAIS bien mieux à Ravène
Une citerne, en un vaste bassin,
Que vigne, en la meilleure veine:
J'y vendrais l'eau beaucoup plus que le vin.

---

(1) Ce coursier se nommait Hirpinus, il éta fame x par les prix
qu'il remportait souvent.

XXIII. . . . . LVII.

De caupone.

CALLIDUS, imposuit mihi caupo Ravennæ :
Cùm peterem mixtum, vendidit ille merum.

XXIV. . . . . XXXVI.

In Fabianum.

QUOD novus, et nuper factus, tibi præstat amicus,

Hoc præstare jubes me, Fabiane, tibi.

Horridus ut primo semper te manè salutem,

Per mediumque trahat me tua sella lutum;

Lassus ut in thermas decimâ, vel seriùs, horâ

Te sequar Agrippæ, cum laver ipse Titi. (1)

Hoc per triginta merui, Fabiane, decembres,

Ut sim tiro tuæ semper amicitiæ?

Hoc merui, Fabiane, togâ tritâque, meâque, (2)

Ut nondùm credas me meruisse rudem.

---

(1) Marcus Agrippa thermas habebat; thermas quoquè Titus vespasianus celeritèr exstruxit.

(2) Quam non dedisti.

XXIII.

Sur un aubergiste de Ravène.

L'AUBERGISTE à Ravène en vin m'a bien trompé :
Il me l'a donné pur, je le voulais trempé.

XXIV.

Contre Fabianus.

LES devoirs que te rend un ami fait du jour,
Tu veux, Fabianus, que je les rende encore !
  Tu veux que j'aille, dès l'aurore,
  Mal vêtu te faire ma cour !
  Tu veux, assis fort à ton aise,
Me voir, marchant la boue, accompagner ta chaise !
Tu veux que je te suive aux thermes de Marcus, (1)
  Fort tard, rendu de lassitude,
  Sachant que j'ai pour habitude
  De prendre les bains de Titus !
Ai-je donc mérité, par trente ans de service,
De n'être encor pour toi qu'un ami tout novice ?
Pour ne plus travailler m'ai-je pas assez fait ?
  Regarde, s'il te plaît ;
  Vois cette toge usée,
  Que tu n'as pas donnée.

_____

(1) *Thermes* : bains chauds des anciens ; Marcus Agrippa en avait.
Titus Vespasien en fit aussi construire en très-peu de temps.

XXV. . . . . LXXX.

In Apicium.

DE nullo quereris, nulli maledicis, Apici:
    Rumor ait linguâ te tamen esse malæ.

XXVI. . . ⸗ . LXXXIX.

Ad Phœbum.

UTERE lactucis, et mollibus utere malvis;
    Nàm faciem durum, Phœbe, cacantis habes.

XXVII. . . . . XCIX.

In cerdonem.

IRASCI nostro non debes, cerdo, libello;

    Ars tua non vita est carmine Læsa meo.

Innocuos permitte sales : cur ludere nobis

    Non liceat, licuit, si jugulare tibi.

XXV.

Contre Apicius.

Vous ne vous plaignez de personne,
De personne jamais vous n'avez dit de mal ;
Si l'on en croit pourtant un bruit bien général,
Vous n'avez pas la langue bonne.

XXVI.

A Phœbus.

Prenez mauve légère, et laitue à soupé ;
Car vous avez, Phœbus, tout l'air d'un constipé.

XXVII.

Contre un savetier, qui s'était enrichi, à faire commerce de gladiateurs pour les spectacles publics.

Contre mes vers point tant de passion :
J'ai censuré votre profession,
Mais sans jamais outrager votre vie.
Ah ! passez-nous innocente saillie :
Nous serait-il défendu de jouer,
Quand il vous fut bien permis de tuer ?

SCELECTA M. V. MARTIALIS EPIGRAMMATA.

※※※※※※

EX LIBRO QUARTO.

I.

De natali Domitiani.

Cæsaris alma dies, et luce sacratior illâ,

  Conscia dictæum quæ tulit Ida Jovem!

Longa precor, Pylioque veni numerosior ævo,

  Semper et hoc vultu, vel meliore nite.

Hic colat Albano Tritonida multus in auro, (1)

  Perque manus tantas plurima quercus eat.

Hic colat ingenti redeuntia sæcula lustro,

---

(1) Aurum albanum appellat coronam auream, quâ utebatur quotannis Cæsar, in sacris ab ipso in Albano institutis Minervæ, numini Domitiano familiari.

ÉPIGRAMMES CHOISIES
DE MARTIAL.
******
DU LIVRE QUATRIÈME.

I.

Sur l'anniversaire de la naissance de Domitien.

O jour, dont la bonté féconde
Donna le grand César au monde !
Plus sacré que le jour qui jadis apporta
Le souverain des Dieux aux sommets de l'Ida !
    Ah ! puissé-tu, toujours prospère,
    Aux mortels conserver un père,
Croître et multiplier bien plus que pour Nestor,
Toujours aussi serein, ou plus serein encor !
    A sa déité tutélaire, (1)
    Tout couvert d'or, au mont Albain,
Qu'il s'adresse long-temps pour le peuple romain :
    Que mille couronnes de chêne
    Tombent de son auguste main : (2)
Qu'il honore les jeux, qu'en sa marche certaine
Le temps dans ces climats en vingt lustres ramène, (3)

---

(1) Minerve.
(2) Domitien en mit souvent sur la tête de Martial.
(3) Les jeux séculaires, ou de tous les cent ans.

Et quæ Romuleus sacra Terentus habet. (1)

Magna quidem superi petimus! sed debita terris:

Pro tanto quæ sunt improba vota Deo?

II. . . . . V.

Ad Fabianum.

Vir bonus, et pauper, linguâque et pectore verus,

Quid tibi vis, urbem qui, Fabiane, petis?

Qui nec leno potes, nec comessator haberi,

Nec pavidos tristi voce citare reos;

Non potes uxorem cari corrumpere amici;

Non potes algentes fallere tu vetulas;

Vendere nec vanos circà palatia fumos,

Plaudere nec Cano, plaudere nec Glaphyro. (2)

Undè miser vives, homo fidus, certus amicus?

Hoc nihil est, numquàm sic Philomelus eris. (3)

---

(1) Locus in campo Martio Plutoni et Proserpinæ dicatus.

(2) Canus tibicen, Glaphyrus citharœdus maximo tùnc erant in pretio.

(3) Philomelus, qui voce et citharâ ditissimus ultrà modum factus erat.

Ceux qu'institua Romulus

Au noble champ de Térentus. (1)

O Dieux ! ces vœux sont grands !... Il les faut pour la terre :

En priant pour un Dieu peut-on jamais trop faire ?

II.

A Fabianus.

Pauvre, mais franc, sincère, et toujours honnête homme,

Dis-moi, Fabianus, que vas-tu faire à Rome ?

Tu n'es point parasite, ou subtil corrupteur ;

Tu ne sais pas non plus, terrible accusateur,

Faire craindre au barreau ta voix tumultueuse ;

Corrompre d'un ami l'épouse vertueuse ;

A la vieille glacée aller faire ta cour ;

Prodiguer ton encens aux idoles du jour ;

Vendre autour des palais une vaine fumée ;

Des Linus d'aujourd'hui hausser la renommée. (2)

Malheureux ! ce n'est rien qu'avoir tant de vertus !

Par là tu ne seras jamais Philomélus. (3)

---

(1) Lieu qu'au champ de Mars Romulus consacra à Pluton et à Proserpine. Les jeux de Térentus avaient lieu tous les trente ans.

(2) Linus fut le maître d'Orphée. Canus et Glaphyrus, musiciens célèbres, étaient alors dans la plus grande faveur.

(3) Philomélus était un chanteur devenu exorbitamment riche.

III . . . . . XIII.

De nuptiis Pudentis et Claudiæ.

CLAUDIA, Rufe, meo nubit peregrina Pudenti!

Macte esto tœdis, ô Hymenæe, tuis!

Tàm bene rara suo miscentur cinnama nardo,

 Massica Theseis tàm bene vina favis!

Nec melius teneris junguntur vitibus ulmi,

 Nec plus Lotos aquas, littora Myrthus amat! (1)

Candida perpetuo reside Concordia lecto,

 Tàmque pari semper sit Venus æqua jugo.

Diligat ipsa senem quondàm; sed et ipsa marito,

 Tùnc quoquè cùm fuerit, non videatur anus.

IV . . . . . XV.

Ad Cœcilianum.

MILLE tibi nummos hesternâ nocte roganti,
 In sex aut septem, Cœciliane, dies;

---

(1) De Loto arbore vid. Append. de Diis, cap. Ulysses.

III.

Sur le mariage de Pudens avec Claudia.

ALLUMEZ vos flambeaux, ô Dieu de l'Hyménée !
Mon ami va s'unir avec sa bien-aimée !
Le nard ne s'unirait pas mieux
Avec l'amome précieux,
Ni le miel de l'Attique
Avec le bon Massique,
Ni la vigne flexible avec le jeune ormeau.
Le Myrte et le Lotos n'aiment pas davantage (1)
Les bords salutaires de l'eau !...
Ah ! toujours pure, et sans nuage,
Règne, douce Concorde, en cet heureux ménage !
Et puissent-ils tous deux
Brûler toujours des mêmes feux !
Que l'épouse chérisse
Son époux chargé d'ans ;
Et que l'époux, malgré les injures du temps,
Ne pense pas qu'elle vieillisse.

IV.

A Cœcilianus.

POUR six ou sept jours tout au plus
Ami, prête-moi mille écus,

---

(1) Voyez sur le *Lotos* l'Appendix de Diis, à l'article **Ulysse**.

10

Non habeo dixi; sed tu causatus âmici

 Adventum, lancem, paucaque vasa rogas.

Stultus es? an stultum me credis, amice? negavi

 Mille tibi nummos, millia quinque dabo!

V. . . . . XXI.
De Selio.

Nullos esse deos, inane cœlum

Affirmat Selius, probatque quòd se

Factum, dùm negat hæc, videt beatum.

VI. . . . . XVII.
Ad Paullum.

Facere in Liciscam, Paulle, me jubes versus,

Quibus illa lectis rubeat, et sit irata :

O Paulle! malus es : tu placere vis solus.

VII. . . . . XXVII.
Ad Cæsaren.

Sæpè meos laudare soles, Auguste, libellos;

 Invidus ecce negat : nòn minùs ergò soles.

Quid, quòd honorato non solà voce dedisti,

 Non alius poterat quæ dare dona mihi;

Ecce iterum nigros corrodit lividus ungues,

 Da, Cæsar, tantò tu magis, ut doleat.

Tu me feras un plaisir bien sensible. —

Je n'en ai point, tout-à-fait impossible. —

Mais en vaisselle au moins ce que tu peux avoir :

Il me vient un ami, qu'il me faut recevoir. —

As-tu perdu l'esprit, pour me croire imbécille ?

Refusant mille écus, j'en donnerai cinq mille !

V.

Sur Sélius.

LE ciel n'est qu'un vain nom ; point de ciel, point de Dieux,

    Dit Sélius : il le prouve

    Par la raison qu'il se trouve,

Malgré tous ses forfaits, l'homme le plus heureux.

VI.

A Paullus.

PAULLUS, tu comptes m'engager

A composer contre Glycère

Des vers pour la faire enrager :

Méchant ! tu vaudrais seul lui plaire.

VII.

A César.

SOUVENT vous aimez, Prince, à louer mes ouvrages ;

Un jaloux dit que non, vous n'en louez pas moins :

Louer n'est pas assez ; sensible à mes besoins,

Votre royale main me comble d'avantages.

Voyez ses ongles noirs qu'il vient encor ronger :

Ah ! donnez cent fois plus, pour le faire enrager !

VIII. . . . . XXIV.

Ad Fabianum de Lycori.

OMNES quas habuit, Fabiane, Lycoris amicas

Extulit; uxori fiat amica meæ!

IX. . . . . XXIX.

Ad Pudentem.

OBSTAT, care Pudens, nostris sua turba libellis,

Lectoremque frequens lassat et implet opus.

Rara juvant, primis major sic gratia pomis,

Hybernæ pretium sic meruere rosæ.

At tu, de nostris relegens quæcumque libellis,

Esse puta solum, sic tibi pluris erit.

X. . . . . XXXIII.

A Sosibianum.

PLENA laboratis habeas cùm scrinia libris,

Emittis quare, Sosibiane, nihil ? —

Edent hæredes, inquis, mea carmina. — Quandò ?

Tempus erat jam te, Sosibiane, legi. (1)

_____

(1) Oportebat te jam mortuum esse.

VIII.

A Fabianus sur Lycoris.

AIME-T-ELLE une dame,
Lycoris l'enterre aussitôt :
Ah! puisse-t-elle aimer ma femme,
Et l'aimer comme il faut !

IX.

A · Pudens.

DE mes nombreux écrits la foule est une cause
Qui leur nuit, dites-vous, c'est par trop fatiguant ;
Tout rassasie, hélas ! s'il devient trop fréquent.
Le rare plait toujours plus que tout autre chose ;
Au milieu des hivers on recherche la rose ;
Les premiers fruits partout seront les préférés.
Mais voici, cher Pudens, ce que bien vous ferez :
Si parmi tous les miens vous lisez quelqu'ouvrage,
Croyez-le seul, tout seul, pour l'aimer davantage.

X.

A Sosibianus.

DES ouvrages finis qui fourmillent chez toi,
Tu ne nous donnes rien, pourquoi donc tant écrire ? —
Mes héritiers, dis-tu, les publiront pour moi. —
Quand donc ?... Depuis long-temps on aurait dû te lire. (1)

---

(1) Tu devrais être mort depuis long-temps.

XI. . . . . XXXVII.

Ad Afrum.

CENTUM Coranus, et ducenta Mancinus,

Trecenta debet Titius, hoc bis Albinus,

Decies Sabinus, alterumque Ferranus :

Ex insulis, fundisque tricies soldûm,

Ex pecore redeunt ter ducena Parmensi. —

Totis diebus, Afer, hoc mihi narras,

Et teneo meliùs ista, quàm meum nomen.

Numeres oportet aliquid, ut pati possim;

Quotidianam refice nauseam nummis :

Audire gratis, Afer, ista non possum.

XII. . . . . XLI.

In male recitantem.

QUID recitaturus circumdas vellera collo? (1)

Conveniunt nostris auribus illa magis.

---

(1) Recitaturi, ne clamore obstrepentium terrerentur, auribus adhibebant ligaminis genus, quod *focale* appellârunt.

XI.

A Afer.

Il m'est dû deux cents chez Corane,
De plus trois cents chez Mancinus,
Deux fois autant chez Albinus,
Vingt fois plus encor chez Ferrane :
Il me revient trois cents bien francs
De mes possessions aux îles ;
Deux fois autant des champs fertiles,
Où sont mes troupeaux Parmésans. —
Tu me le dis chaque journée,
Et je le sais mieux que mon nom.
Afer, je crois qu'il serait bon
De me payer chaque nausée,
Pour me faire patienter :
Gratis je ne puis l'écouter.

XII.

Contre un mauvais déclamateur.

Prêt à nous réciter merveilles,
Dis-moi donc par quelle raison
Te mettre au cou cette toison ? (1)
Elle irait mieux à nos oreilles.

(1) Ceux qui devaient lire quelque chose, pour ne pas être incommodés du bruit, que l'on pourrait faire dans l'assemblée, se mettaient une coiffure en laine, appelée *focale*, un capuchon.

XIII. . . . . XXXIX.

Ad Charinum.

Argenti genus omne comparasti,
Et solus veteres Myronis artes,
Solus Praxitelis manus, Scopæque,
Solus Phidiaci toreuma cæli,
Solus Mentoreos habes labores;
Non desunt tibi vera Glaniana,
Nec quæ Callaico linuntur auro,
Nec mensis anaglyptica de paternis.
Argentum tamèn intèr omne, miror,
Quare non habeas, Charine, purum.

XIV. . . . . XL.

Ad Posthumum.

Atria Pisonum stabant cùm stemmate toto,
    Et docti Senecæ ter numeranda domus. (1)
Prætulimus tantis solum te, Posthume, regnis :
    Pauper eras et eques, sed mihi consul eras.
Tecum ter denas numeravi, Posthume, brumas :
    Communis nobis lectus, et unus erat.
Jam donare potes, jam perdere (2), plenus honorum,
    Largus opum; expecto, Posthume, quid facias.
Nil facis : et serum est alium mihi quærere regem.
    Hoc, Fortuna, placet? — Posthumus imposuit.

(1) Propter duos Senecas et unicum Lucanum.
(2) Adimere aliquid tibi.

XIII.

A Carin.

A ce que tes parents t'ont laissé de richesse,
Carin, tu réunis argent de toute espèce :
Chefs-d'œuvre de Myron, chefs-d'œuvre de Scopas,
Chefs-d'œuvre de Mentor, et ceux de Phydias ;
Ce qui sortit des mains du divin Praxitèle,
Du fameux Glanius les vrais originaux,
En argent plaqué d'or les vases les plus beaux,
En argent ciselé la plus riche vaisselle.
Tu t'es tout procuré, tu l'as seul, c'est bien sûr ;
Mais pourquoi n'as-tu pas un morceau d'argent pur ?

XIV.

A Posthumus.

LES Pisons jouissaient de toute leur puissance,
Les Sénèques, Lucain étaient dans l'opulence ;
Je négligeai ces grands, pour m'attacher à toi,
Qui, pauvre et chevalier, fus un consul pour moi.
Avec toi, Posthumus, je comptai trente années,
Nous coulions dans la paix nos tranquilles journées ;
Nous n'avions qu'un seul lit, il nous fut en commun.
Aujourd'hui plein d'honneurs, de crédit, de richesse,
Tu peux rendre un service, et j'en attends quelqu'un.
Quel refuge pour moi dans ma triste vieillesse !...
Mais quoi !... Tu ne fais rien... L'eussé-je pressenti !...
Fortune, qu'en dis-tu ? — Posthumus t'a menti.

XV. . . . . LXII.
De Lycori.

Tibur in Herculeum migravit nigra Lycoris,
Omnia dùm fieri candida credit ibi.

XVI. . . . . LXV.
De Philœnide.

Oculo Philœnis semper altero plorat:
Quo fiat istud quæritis modo? lusca est.

XVII. . . . . XLIX.
Ad Flaccum.

Nescis, crede mihi, quid sint epigrammata, Flacce,
  Qui tantùm lusus illa, jocosque vocas.
Ille magis ludit, qui scribit prandia sævi
  Tereos, aut cœnam, crude Thyesta, tuam;
Aut puero liquidas aptantem Dædalon alas,
  Pascentem Siculas aut Polyphemon oves.
A nostris procùl est omnis vesica libellis,
  Musa nec insano syrmate nostra tumet. —
Illa tamen laudant omnes, mirantur, adorant. —
  Confiteor : laudant illa, sèd ista legunt.

XVIII. . . . . LVI.
In Gargilianum.

Munera quòd senibus, viduisque ingentia mittis; (1)
  Vis te munificum, Gargiliane, vocem!

---

(1) A quibus sperabat hæreditates, plura expetens quàm donabat.

XV.
Sur Lycoris.

ELLE part pour Tibur, la brune Lycoris,
Croyant que tout blanchit en ce charmant pays.

XVI.
Sur Philis.

PHILIS pleure toujours du même œil, dit quelqu'un :
Veux-tu savoir pourquoi?.... C'est qu'elle n'en a qu'un.

XVII.
A Flaccus.

TU ne sais pas, crois-moi, ce que c'est qu'épigramme :
Méchant bon mot, dis-tu, genre vil et mesquin ! —
Quel genre a donc, Flaccus, celui qui, dans son drame,
De Thyeste à nos yeux met l'horrible festin,
Peint Dédale adaptant des ailes dangereuses,
Polyphème entouré de brebis monstrueuses ? —
Chefs-d'œuvre néanmoins, tout le monde le dit. —
J'en conviens, on les loue, et mes vers on les lit :
Ma muse fut toujours sans pompe, sans emphase ;
On aime l'air riant de ma naïve phrase.

XVIII.
Contre Gargilianus.

A la veuve, au vieillard
Prodiguant au hasard, (1)

_____

(1) Il espérait en être l'héritier : il en attendait donc plus qu'il
ne donnait.

Sordidius nihil est, nihil est te spurcius uno,

Qui potes insidias dona vocare tuas.

Sic avidis fallax indulget piscibus hamus,

Callida sic stultas decipit esca feras.

Quid sit largiri, quid sit donare docebo,

Si nescis : dona, Gargiliane, mihi.

XIX. . . . . LXVIII.
Ad Sextum.

Invitas centum quadrantibus, et bene cœnas :

Ut cœnem invitor, Sexte, an ut invideam?

XX. . . . . LXIX.
Ad Pamphilum.

Tu Setina quidem semper, vel Massica ponis

Pamphile; sed rumor tam bona vina negat.

Tu veux que je te nomme
Libéral, généreux!
Je ne connais point d'homme
Plus vilain à mes yeux
Que le cancre odieux,
Qui sous cette apparence
Produit la bienfaisance.
L'imposteur hameçon
Trompe ainsi le poisson,
La pâture traîtresse
Trompe ainsi le gibier.
Donner, gratifier,
Faire quelque largesse :
Si tu ne le sais pas,
Donne, tu le sauras.

XIX.

A Sextus.

A vingt écus. Sextus hier soir me convie,
Et Sextus soupe bien, fort bien, en vérité.
C'était-il donc, Sextus, quand tu m'as invité,
Pour me faire souper, ou pour me faire envie?

XX.

A Pamphilus.

Tu donnes le Sezza, le vieux vin du Massique,
C'est là ton ordinaire, et l'a toujours été.

Diceris hâc factus cælebs quatèr esse lagenâ :

    Nec puto, nec credo, Pamphile, nec sitio.

XXI. . . . . LXXI.
Ad Quinctum.

Exigis ut donem nostros tibi, Quincte, libellos;

    Non habeo, sed habet bibliopola Tryphon. —

Æs dabo pro nugis? et emam tua càrmina sanus?

    Non, inquis, faciam tàm fatuè. — Nec ego.

XXII. . . . . LXXV.
De Negrinâ.

O felix animo, felix Negrina marito !

    Atque inter Latias gloria prima nurus !

Te patrios miscere juvat cùm conjuge census,

    Gaudentem socio, participique viro.

Arserit Evadne flammis injecta mariti,

    Nec minor Alcesten fama sub astra ferat : (1)

Tu meliùs certè meruisti pignore vitæ,

    Ut tibi non esset morte probandus amor.

---

(1) Utraque se in rogum injecit, auditâ morte conjugis.

S'il faut croire pourtant une rumeur publique,
Ces vins-là ne sont pas de bonne qualité :
Depuis, dit-on partout, que c'est-là ton breuvage,
On t'a vu quatre fois tomber dans le veuvage.
Je ne sais qu'en penser, ni qu'en croire non plus ;
Mais je n'ai point de soif, grand-merci, Pamphilus.

XXI.

A Quinctus.

DONNEZ-MOI votre ouvrage, un jour me dit Quinctus. —
Je ne l'ai pas, c'est mon libraire. —
Mais, d'acheter des riens, ma foi, je n'ai que faire! —
Eh! bien, Quinctus, ni moi non plus.

XXII.

Sur Négrina.

NÉGRINA de ton sexe et la gloire, et l'honneur!
Adorant un époux, qui fait tout ton bonheur,
Tu réunis aux siens les grands biens de ton père ;
Ce partage charmant, tu te plais à le faire!
Qu'Aceste, qu'Evadné meurent pour leurs époux, (1)
Les noms les plus fameux, tu les effaces tous.
Dédaignant de la mort le fâcheux témoignage,
Tu prouves ton amour, et la vie est ton gage.

---

(1) Elles se brûlèrent l'une et l'autre, en apprenant que leurs époux
étaient morts.

XXIII. . . . . LXXVI.

In avarum amicum.

MILLIA misisti mihi sex, bis sena petenti :
.Ut bis sena feram, bis duodena petam.

XXIV. . . . . LXXIX.

In Afrum.

CONDITA cùm tibi sit jam sexagesima messis ,

Et facies multo splendeat alba pilo ;

Discurris totâ vagus orbe, nec ulla cathedra est,

Cui non manè feras irrequietus ave :

Et sine te nulli fas est prodire Tribuno ,

Nec caret officio Consul uterque tuo.

Hæc faciant sanè juvenes : deformius, Afer ,

Omninò nihil est ardelione sene.

XXV. . . . . LXXXIV.

In Nævolum.

SECURO nihil est te, Nævole, pejus ! eodem
Sollicito nihil est, Nævole, te melius !

XXIII.

Contre un ami avare.

JE te demandais douze, et tu m'envoyas six :
Je demanderai vingt une autre fois, pour dix.

XXIV.

Contre Afer.

ELLE est bien loin, Afer, ta soixantaine !
Quelle blancheur brille sur ton menton !
Dès le matin, tu cours, sans prendre haleine,
Dire bon jour de canton en canton ;
Point de repos. Jamais de sa demeure
Ne peut sans toi sortir aucun Tribun.
Aux deux Consuls, Afer, dans la même heure,
Tu vas offrir ton visage importun.
Aux jeunes-gens, on peut le laisser faire ;
Mais, Afer, qu'un barbon
Ait toujours l'air d'avoir affaire sur affaire !...
Rien, non rien de plus laid qu'un vieux ardélion. (1)

XXV.

Contre Nævolus.

ES-TU content, rien de plus détestable !
Es-tu chagrin, ô rien de plus aimable !

_____

(1) Homme qui a toujours l'air affairé.

Securus; nullos resalutas, despicis omnes,
    Nec quisquam notus, nec tibi visus homo est.
Sollicitus; donas, dominum, regemque salutas,
    Invitas; esto, Nævole, sollicitus.

XXVI. . . . . XC.

De rusticatione.

Rure morans quid agam, respondeo pauca roganti :

Luce Deos oro; famulos post arva reviso,

Partibus atque meis justos indico labores.

Indè lego, Phœbumque cio, Musamque lacesso;

Hinc oleo corpusque frico, mollique palæstrâ

Stringo libens; animo gaudens, ac fœnore liber,

Pondero, poto, cano, ludo, lavo, cœno, quiesco.

Dùm parvus lychnus modicum consumat olivi;

Hæc dat nocturnis nox lucubrata Camœnis.

Content... Fierté, mépris, point de saluts tendus,
Tu n'as plus vu personne, et ne reconnais plus.
Chagrin... de plaire à tous soudain nouvelle étude.
Ne fusses-tu jamais que dans l'inquiétude !

XXVI.

Sur son séjour à la campagne.

Vous avez donc fixé votre séjour aux champs :
Comment, me dit quelqu'un, y passez-vous le temps ?
En deux mots, le voici ; sitôt que la lumière
Vient dorer nos coteaux, j'adresse ma prière
Aux Dieux qui chaque jour me comblent de bienfaits ;
Puis je vais visiter mes guérets, mes prairies ;
Portant à mon retour l'œil sur mes bergeries,
Je viens trouver mes gens, moi-même je leur fais
Des travaux de ce jour le plus juste partage.
Je rentre alors chez moi, je me mets à l'ouvrage ;
Je lis, parle à ma Muse, et j'invoque Apollon.
Après friction d'huile, exercice au salon.
Franc de tout intérêt, l'âme toujours contente,
J'examine, je bois, je m'amuse, je chante,
Je me baigne, je soupe, et me tiens en repos.
Enfin, en attendant que ma lampe fidèle
Me donne de son feu la dernière étincelle,
Aux Muses de la nuit j'offre encor ces travaux.

XXVII. . . . . LXXXVI.

In Ponticum.

Nos bibimus vitro, tu murrhâ, Pontice; quare?

Prodat perspicuus ne duo vina calix.

XXVIII. . . . . LXXVII.

In Zoïlum.

Nunquam divitias deos rogavi,

Contentus modicis, meoque Lætus.

Paupertas, veniam dabis, recede!...

Causa est tàm subiti novique voti?

Pendentem volo Zoïlum videre. (1)

---

(1) Suspensum invidiâ.

XXVII.

Contre Ponticus.

Tu nous sers, Ponticus, des gobelets de verre,
Tu bois dans la murrha. Dis-moi, pourquoi ce soin? (1)
Un vase transparent serait-il un témoin ,
Attestant que ton vin de notre vin diffère ?

XXVIII.

Contre Zoïle.

J'ai de tout temps chéri ma médiocrité,
    Je n'ai jamais cherché fortune.
De grâce loin de moi recule, Pauvreté !
    Tu me deviendrais importune. —
De vœux aussi nouveaux la cause , diras-tu ? —
    Je veux voir Zoïle pendu. (2)

---

(1) La murrha, pierre opaque dont on faisait des vases.
(2) Se pendre de jalousie.

SCELECTA M. V. MARTIALIS EPIGRAMMATA.

******

EX LIBRO QUINTO.

I. . . . . IX.

Ad Symmachum medicum.

Languebam; sed tu venisti protinùs ad me ;
Non habui febrem, Symmache, nunc habeo.

II. . . . . X.

Ad Regulum de famá poëtarum.

Esse quid hoc dicam, vivis quòd fama negatur?
Et sua quòd rarus tempora lector amat?
Hi sunt invidiæ nimirùm, Regule, mores,
Præferat antiquos semper ut illa novis.
Ennius est lectus salvo tibi, Roma, Marone,
Et sua riserunt sæcula Mæonidem;
Rara coronato plausêre theatra Menandro ;
Norat Nasonem sola Corynna suum.
Vos tamen, ô nostri, ne festinate, libelli !
Si post fata vénit gloria, non propero.

ÉPIGRAMMES CHOISIES
DE MARTIAL.

✳✳✳✳✳✳

DU LIVRE CINQUIÈME.

I.

Au médecin Symmachus.

Je languissais Docteur, mais tu vins à l'instant :
Je n'avais pas la fièvre, et je l'ai maintenant.

II.

A Régulus sur la renommée des Poètes.

Pourquoi loin des vivans s'enfuit la Renommée ?
Pourquoi, cher Régulus, n'aime-t-on pas les siens ?
C'est qu'on verra partout l'envie envenimée
Aux nouveaux préférer toujours les anciens.
Rome est pour Ennius du vivant de Virgile ;
Pour Homère son siècle eut des yeux de Zoïle ;
Ménandre de son temps quel succès a-t-il eu ?
De sa Corynne seule Ovide, hélas ! fut lu.
Mais, doucement, mes vers !... Si, pour trouver la gloire,
　　　Il faut avoir passé
　　　Par delà l'onde noire,
　　　Je ne suis pas pressé.

III. . . . . XIII.

In Callistratum.

Sum fateor, sempergue fui, Callistrate, pauper;

Sed non obscurus, non malè notus eques;

Sed toto legor orbe frequens, et dicitur : hic est;

Quodque cinis paucis, hoc mihi vita dedit.

At tua centenis incumbunt tecta columnis,.

Et Libertinas arca flagellat opes. (1)

Magnaque Niliacæ servit tibi gleba Syenes,

Tondet et innumeros gallica Parma greges.

Hoc ego, tuque sumus; sed quod sum, non potes esse,

Tu quod es, è populo quilibet esse potest.

(1) Ingentes, quales habuére Pallas, Narcissus, aliique Claudii liberti, Chrysogonus Syllæ, Licinius Augusti.

IV. . . . . XVII.

In Gelliam.

Dum proavos, atavosque refers, et nomina magna,

Dùm tibi noster eques sordida conditio est;

III.

Contre Tullus.

Je suis, je fus toujours bien pauvre, je l'avoue;
J'honore cependant le nom de chevalier.
Mes ouvrages sont lus dans l'univers entier,
Partout on dit : *c'est lui*, partout chacun me loue.
Sur une cendre froide, en la nuit des tombeaux,
La Gloire rarement fait tomber sa couronne :
Je vis, et néanmoins son éclat m'environne.
Tu possèdes, Tullus, les palais les plus beaux,
Cent colonnes de marbre, avec magnificence,
En portent vers les cieux l'architecture immense;
Ton coffre-fort gémit sous le poids de ton or;
Aux rivages du Nil, de fécondes campagnes
S'épuisent à l'envi pour combler ton trésor;
D'innombrables troupeaux, paissant sur les montagnes
Que vers Parme embellit le ciel le plus heureux,
Se laissent tous les ans dépouiller pour leur maître.
C'est bien cela, Tullus, nous voilà tous les deux :
    Tu ne peux jamais être
    Cependant comme moi;
Et le premier venu peut être comme toi.

IV.

Contre Gellia.

Vous vantiez tant! avec tant d'arrogance
De vos aïeux les noms et la naissance!

Dùm te posse negas nisi lato, Gellia, clavo (1)

Nubere : Nupsisti, Gellia, cistifero.

V. . . . . XXII.

De Rhetore Apollonio.

QUINCTUM pro Decimo, pro Crasso, Regule, Macrum

Ante salutabat Rhetor Apollonius :

Nunc utrumque suo resalutat nomine; quantùm

Cura laborque potest!... Scripsit et edidicit.

VI. . . . . XXIX.

In Mamercum ad Aulum.

UT benè loquatur, sentiatque Mamercus,

Efficere nullis, Aule, moribus possis.

Pietate fratres Curtios licèt vincas,

Quiete Nervas, comitate Rufones,

Probitate Marcos, æquitate Mauricos,

Oratione Regulos, jocis Paullos;

---

(1) Latoclavo veste utebantur nobiliores, indè dicti laticlavi.

Un chevalier était trop bas pour vous !
Vous ne vouliez, Gellia, pour époux,
 Qu'un de ses grands vêtus du Laticlave :
Et vous venez d'épouser un esclave !... (1)

V.

Sur le Rhéteur Apollonius.

CE grand Rhéteur, qui saluait naguère
Quintus pour Décimus, et Crassus pour Macron,
Les salue aujourd'hui chacun par son vrai nom,
Le travail et le soin que ne peuvent-ils faire !...
 Il prit les deux noms par écrit,
 Et fit bien tant qu'il les apprit.

VI.

A Aulus contre Mamercus.

Tu veux qu'il parle en bien, tu veux qu'en bien il **pense**;
Tu risques, cher Aulus, d'y perdre ta science.
On serait bon, pieux, plus que les Curtius,
Plus calme que Nerva, plus que Rufon affable,
Ou plus que Mauricus, juste, intègre, équitable,
Plus probe que Marcus, plus grand que Mutius,
Plus Jovial que Paul, en bons mots plus fertile,

---

(1) Les Cistifères, dont parle Martial, étaient des esclaves, ou
des hommes de la lie du peuple ; ils portaient des paniers aux fêtes
de Cybèle.

Rubiginosis cuncta dentibus rodit.

Hominem malignum forsàn esse tu credas :

Ego esse miserum credo, cui placet nemo.

VII. . . . . XXXIV.

In Causidicum.

CARPERE Causidicus fertur mea carmina : quis sit

Nescio ; si sciero, væ tibi, causidice !

VIII. . . . . XLIV.

De Taïde et Lecaniâ.

TAÏS habet nigros, niveos Lecania dentes ;

Quæ ratio est ? — Emptos hæc habet, illa suos.

IX. . . . . XLVIII.

De Philone.

NUNQUAM se cœnasse domi, Philo jurat, et hoc est :

Non cœnat, quotiès nemo vocavit eum.

Meilleur que Régulus, orateur plus habile ;
Avec sa dent rouillée il va ronger partout.
Tu le croirais méchant peut-être, point du tout :
On est bien malheureux d'être aussi difficile !

VII.

Contre un Avocat.

Un Avocat, dit-on, déchire mes vers !... Maître ! (1)
    Malheur à toi, si je puis te connaître.

VIII.

Sur Taïs et Lécanie.

Taïs a la bouche bien noire,
Lécanie a les dents plus blanches que l'ivoire ;
    Mais pourquoi donc ? — Je le comprends :
C'est que Taïs n'achète pas ses dents.

IX.

Sur Philon.

Philon jure que de sa vie
Personne ne l'a vu manger à la maison :
    Assurément il a raison ;
Il ne mange jamais, si nul ne le convie.

---

(1) Titre que prennent les hommes de loi.

X. . . . . LVIII.

In Cinnam.

Cum voco te dominum, noli tibi, Cinna, placere :
Sæpè etiàm servum sic resaluto meum.

XI. . . . . XLI.

Ad Artemidorum.

Pinxisti Venerem; colis, Artemidore, Minervam, (1)
Et miraris opus displicuisse tuum !

XII. . . . . XLIII.

Quod datur amicis non perire.

Callidus effractâ nummos fur auferet arcâ ;

Prosternet patrios impia flamma lares ;

Debitor usuram pariter sortemque negabit ;

Non reddet sterilis semina jacta seges ;

---

(1) Venus, judicio Paridis, superavit Minervam ; indè iræ.

X.

Contre Cinna.

Lorsque je t'appelle mon maître,
Il ne faut pas, Cinna, paraître
T'enorgueillir ; car bien souvent
J'en dis à mon esclave autant.

XI.

A Artémidore.

Favori de Pallas,
Vous avez peint Vénus, et vous pouvez encore
Vous plaindre, Artémidore,
Que votre œuvre ne plaise pas !

XII.

Ce que l'on donne à des amis ne se perd pas.

Votre coffre brisé,
Un voleur avisé
Peut un jour vous soustraire
Tout votre numéraire ;
Votre toit paternel
Peut, par un feu cruel,
Être réduit en cendre ;
Créancier déloyal
Peut refuser de rendre
Intérêt, principal ;

Depascentur oves diri contagia morbi;

Mercibus exstructas obruet unda rates.

Extrà fortunam est quidquid donatur amicis:

Quas dederis, solas semper habebis opes.

XIII. . . . LVII

Ad Lupum.

Cui tradas, Lupe, filium magistro,

Quæris sollicitus, diùque tentas:

Omnes grammaticosque, Rhetorasque

Devites, moneo; nihil sit illi

Cum libris Ciceronis, aut Maronis;

Famæ Lucilium suæ relinquat:

Trompant votre espérance,
Un sol infructueux
Peut perdre la semence ;
D'un mal contagieux
La funeste influence
Peut tuer vos troupeaux ;
Tous les riches vaisseaux,
Où votre espoir se fonde,
Peuvent périr dans l'onde.
Dons faits à des amis,
Loin d'un sort redoutable
Se trouvent toujours mis,
Et de bien véritable
Vous ne sauriez jamais
Avoir que vos bienfaits.

XIII.

A Lupus.

A quel maître, dis-tu, donnerai-je mon fils ?
Tu m'en parles toujours, toujours plein de soucis.
 Lupus, veux-tu me croire,
Évite les Rhéteurs, et tout le vain grimoire
De nos grammairiens ; avec un Cicéron
 Qu'il n'ait jamais affaire ;
Qu'il se garde de lire un Horace, un Varon ;
Qu'il laisse là Lucile avec tout son renom.
 Des vers !... S'il veut en faire,
Qu'il ne soit plus ton fils, et ne sois plus son père !...

Si versus facit, abdices poëtam.

Artes discere vult pecuniosas?

Fac discat citharædus, aut choraules.

Si duri puer ingeni videtur,

Præconem facias, vel Architectum. (1)

XIV. . . . . LV.

De Apollonio Rhetore.

EXTEMPORALIS factus est meus Rhetor :

Calpurnium non scripsit, et salutavit !

XV. . . . . LXXXV.

Ad Gallam.

JAM tristis nucibus puer relictis, (2)

Clamoso revocatur à magistro,

Et blando malè proditus fritillo,

Arcanâ modò raptus è popinâ,

Ædilem rogat udus aleator.

---

(1) Notat tempora sua Martialis, quibus hæ artes erant ultrà modum pecuniosæ.

(2) Saturnalia festa Decembri mense, per dies septem, Romæ celebrari mos erat, quæ quidem lætitiæ et gaudii plena erant; munuscula viris tunc mittebant mulieres. Permittebantur lusus in Saturnalibus : pueris nuces, viris alea, quod utrumque prohibebatur post Saturnalia ; nam et pueri revocabantur à magistris, et aleatores ab Ædilibus mulctabantur.

Mais, s'il désire apprendre un art qui mène au bien,
.Fais le musicien;
Qu'il apprenne à chanter : si par cas on suspecte
Qu'il ait peu de moyen,
Fais le crieur public, ou bien même architecte. (1)

XIV.

Sur le Rhéteur Apollonius.

Mon Rhéteur Apollonius
Improvise aujourd'hui ; voyez quelle mémoire!...
Il a su saluer hier Calpurnius,
Sans l'avoir mis sur son mémoire!

XV.

A Phryné.

De leur maître terrible en entendant la voix,
Les enfants à regret ont tous quitté leurs noix; (2)
Trahi mal à propos par le jeu qui l'amuse,
Plein de vin, arraché
D'un cabaret caché,

---

(1) Professions, où l'on faisait alors rapidement des fortunes
exorbitantes.

(2) Les Saturnales, fêtes en l'honneur de Saturne, se célébraient
à Rome, au mois de décembre, et pendant sept jours ; c'était des
jours consacrés à la joie et au plaisir : les dames alors envoyaient
des présents aux hommes. Les enfants s'amusaient à jouer aux noix ;
au huitième jour, ils quittaient leurs noix et rentraient à l'école.

Saturnalia-transière tota,

Nec munuscula parva, nec minora (1)

Misisti mihi, Galla, quæ solebas.

Sanè sic abeat meus December :

Scis certè, puto, vestra jam venire (2)

Saturnalia, Martias kalendas;

Tùnc reddam tibi, Galla, quod dedisti.

XVI. . . . LIX.

Ad Posthumum.

Cras te victurum, cràs dicis, Posthume, semper!

Dic mihi, Cràs istud, Posthume, quandò venit?

Quàm longè Cràs istud ubi est? aut undè petendum?

Numquid apud Parthos, Armeniosque latet?

Jam Cràs istud habet Priami, vel Nestoris annos!

Cràs istud quanto die mihi possit emi? (3)

Cràs vives!... Hodiè jam vivere, Posthume, serum est :

Ille sapit quisquis, Posthume, vixit heri.

---

(1) Parva et minora munuscula, de *Xeniis* et *Apophoretis* intelliguntur; nàm *Xenia* erant non magni quidem pretii, sed tamen majoris quàm *Apophoreta*, quæ minora erant.

(2) Kalendis Martiis Saturnalia celebrabantur à mulieribus, quibus à viris mittebantur munera.

(3) Quasi dicat : facilè posset abs te comparari.

Le joueur à l'Édile apporte son excuse. (1)
Les fêtes de Saturne ont cessé tout à fait ;
Et, changeant de façon, Phryné, tu ne m'as fait
Ni la petite étrenne,
Ni les petits présents. (2)
De décembre adieu donc mon espérance vaine !
Tu le sais bien, je crois, à ton tour au printems (3)
Tu fêteras Saturne ; eh bien ! chose certaine,
Je te rendrai, Phryné,
Ce que tu m'as donné !

XVI.

A Posthumus.

C'est *Demain*, me dis-tu, *Demain* que tu veux vivre !...
Mais, mon cher Posthumus, quand vient-il ce *Demain* ?
Doit-on aller le prendre en pays bien lointain ?
Jusque dans l'Arménie ira-t-on le poursuivre ?
Il est tout aussi vieux que Priam ou Nestor !
Combien pour l'acheter, te faudrait-il encor ?... (4)
Demain !... mais il est tard, trop tard *Aujourd'hui* même.
Qui vécut dès *Hier* est le sage que j'aime.

---

(1) L'Edile était un magistrat, qui, après les Saturnales, allait dans les lieux publics, écouter aux portes et faire cesser les jeux.

(2) Les petites étrennes étaient de petits cadeaux de peu de valeur ; c'étaient les *Xenia* : les petits présents valaient encore moins, c'étaient les *Apophoreta.* (Voyez les livres 13 et 14 de notre poète.)

(3) Les femmes avaient aussi leurs Saturnales, au mois de Mars. Les hommes à leur tour leur envoyaient des présents.

(4) Comme s'il disait : *tu as tout ce qu'il faut pour l'obtenir ; que veux-tu de plus ?*

XVII. . , . . . LXXVI.

Ad Quinctum.

Quæ legis causâ nupsit tibi Lælia, Quincte,
Uxorem potes hanc dicere legitimam!

XVIII. . . . . LXXVII.

Ad Cinnam.

Profecit poto Mithridates sæpè veneno,
Toxica ne possent saeva nocere sibi :
Tu quoquè cavisti cœnando tàm malè semper,
Ne posses unquàm, Cinna, perire fame.

XIX. . . . . LXXIV.

Ad Theodorum.

Non donem tibi cùr meos libellos,
Oranti toties et exigenti.,
Miraris, Theodore ; magna causa est :
Dones tu mihi ne tuos libellos.

XX. . . . . LXXXII.

Ad Æmilianum.

Semper eris pauper, si pauper es, Æmiliane :
Dantur opes nulli nùnc nisi divitibus.

XVII.

A Quinctus.

LA loi te force, Ami, de t'unir à Fatime :
Tu peux bien l'appeler *épouse légitime !*

XVIII.

A Cinna.

POUR le neutraliser, au poison certain prince (1)
Opposa le poison, et s'y fit à la fin ;
Et ton repas, toujours si mauvais et si mince,
Fait, Cinna, que jamais tu ne mourras de faim !

XIX.

A Théodore.

DE te donner mes vers tu me presses encore !
Tu les as demandés bien souvent, j'en conviens :
N'en sois pas surpris, Théodore,
J'ai bien raison ; j'ai peur de recevoir les tiens.

XX.

A Æmilus.

ES-TU pauvre, Æmilus, tu le seras toujours :
Aux riches seuls le bien se donne de nos jours.

---

(1) Mithridate roi de Pont.

XXI. . . . . LXXXIV.

Ad Dydimum.

INSEQUERIS, fugio; fugis, insequor! hæc mihi mens est:
Velle tuum nolo, Dydime, nolle volo.

XXII. . . . . XXX.

Ad Gelliam.

Si quando leporem mittis mihi, Gellia, dicis:
Formosus septem, Marce, diebus eris. (1)
Si non derides, si verum, Gellia, narras;
Edisti nunquàm, Gellia, tu leporem.

---

(1) Ex vulgari opinione, Authore Plinio, putabant eum, qui edisset carnes leporinas, septem diebus formosiorem et fieri, et videri. Nunquàm edisti leporem, adeò deformis es.

XXI.

A Dydimus.

Tu me poursuis, je fuis;
Tu fuis, je te poursuis.
Comme je suis sincère
Et franc en mes aveux,
De tout ce que tu veux
Je voudrais le contraire.

XXII.

A Gellia.

Vous m'envoyez un lièvre, et me dites toujours :
« Mangez-en, c'est beauté pour toute la semaine. » (1)
Si vous ne riez pas, si la chose est certaine;
Jamais à ce moyen vous n'avez eu recours.

---

(1) Le vulgaire, dit Pline, croyait qu'en mangeant du lièvre, on embellissait pour sept jours, à cause apparemment de l'analogie de *Lepus* à *Lepor*.

SCELECTA M. V. MARTIALIS EPIGRAMMATA.

✳✳✳✳✳✳

EX LIBRO SEXTO.

I. . . . . VIII.
Ad Severum.

Prætores duo, quatuor Tribuni,

Septem causidici, decem Poëtæ,

Cujusdam modò nuptias petebant

A quodam sene ; non moratus ille

Præconi dedit Eulogo puellam.

Dignum quid fatuo, Severe, fecit?

II. . . . . XI.
In Marcum.

Quòd non sit Pylades hoc tempore, non sit Orestes (1)

Miraris! Pylades, Marce, bibebat idem.

---

(1) De Oreste et Pylade, vide Append. de Diis.

ÉPIGRAMMES CHOISIES
DE MARTIAL.

****

DU LIVRE SIXIÈME.

I.

A Séverus.

Deux Tribuns, et quatre Préteurs,
Sept Poètes, dix Orateurs,
    Demandaient tous certaine
    Jeune et belle romaine
    A certain bon vieillard,
    Qui, sans aucun retard,
    Pour épouse la loge
    Chez le crieur Euloge : (1)
    C'est-il là, mon ami,
    Le coup d'un étourdi ?

II.

Contre Marcus.

    Dans ce siècle funeste,
    Tu t'étonnes, Marcus,
    De voir qu'il ne soit plus
    De Pylade, d'Oreste ! (2)

---

(1) Un crieur public faisait alors une fortune rapide.
(2) Voyez l'*Appendix de Diis*, sur ces deux modèles de l'Amitié.

Nec melior panis, turdusve dabatur Oresti,

     Sed par, atque eadem cœna duobus erat.

Tu Lucrina voras, me pascit aquosa Peloris; (1)

     Non minus ingenua est et mihi, Marce, gula.

Te Cadmea Tyros, me pinguis Gallia vestit:

     Vis te purpureum, Marce, sagatus amem!

Ut præstem Pyladen, aliquis mihi præstet Orestem;

     Hoc non fit verbis: Marce, ut ameris, ama.

(1) Peloris, genus Conchilii nihil habens intra se præter aquosum quemdam liquorem.

III. . . . . XXX.

In Pœtum.

Sex sestertia si statim dedisses,
Cum dixti mihi: sume, tolle, dono;
Deberem tibi, Pœte, pro ducentis.
At nunc cùm dederis diù moratus,
Post septem, puto, vel novem kalendas:
Vis dicam tibi veriora veris?
Sex sestertia, Pœte, perdidisti. (2)

(2) Placet intelligas Martialem accepisse in fœnus ducenta, prò quibus jam deberet sex sestertia, si Pœtus statìm dedisset; sed cùm post septem kalendas (menses) dederit, amisit sex sestertia.

Pylade buvait même vin,

Oreste mangeait même pain,

Il n'avait pas meilleure chère ;

C'était pour deux même ordinaire.

Je te vois dévorer les huîtres du Lucrin,

Ne trouvant que de l'eau dans mes noirs coquillages.

Je n'ai pas cependant, Marcus, le goût moins fin.

Ta robe a bu la pourpre à ces fameux rivages

Qu'illustra le fils d'Agénor ;

Je n'ai qu'une laine grossière :

Et tu veux que je t'aime encor !...

Point de beaux mots, c'est mauvaise manière.

Aime, Marcus, si tu veux être aimé ;

Deviens Oreste, et Pylade est formé.

III.

A Pœtus.

Si quand tu me disais : emporte six sesterces,

Tu les eusses donnés sans aucunes traverses,

Pœtus, je devrais pour deux cents ;

Mais il a fallu si long-temps

Pour vaincre ta lenteur extrême,

Sept mois, je crois, peut-être plus :

Veux-tu savoir plus vrai que la vérité même ?

Voilà six sesterces perdus. (1)

---

(1) Pœtus n'avait prêté deux cents sesterces à Martial, que fort long-temps après qu'il les lui eût demandés. L'intérêt était de six sesterces, que Pœtus avait en conséquence perdus par son retard.

IV. . . . . XLIV.

In Calliodorum.

FESTIVÈ credis te , Calliodore , jocari ;

Et solum multo permaduisse sale ;

Omnibus arrides , dicteria dicis in omnes :

Sic te convivam posse placere putas.

At si ego non bellè , sed verè dixero quiddam ,

.. Nemo propinabit , Calliodore , tibi. (1)

V. . . . . XIX.

In Posthumum.

NON de vi , neque cæde , nec veneno ,

Sed lis est mihi de tribus capellis ;

Vicini queror has abesse furto :

Hoc judex sibi postulat probari.

Tu Cannas , Mithridaticumque bellum ,

Et perjuria punici furoris ,

Et Sullas , Mariosque , Muciosque

Magnâ voce sonas , manuque totâ :

Jam dic , Posthume , de tribus Capellis.

___

(1) Cum sis ore fœtido.

IV.

Contre Calliodore.

Tu crois, Calliodore, être un plaisant unique,
Tu te crois seul imbu de tout le sel attique,
Tu ris de tous, sur tous tu lances des brocards,
Et tu penses par là pouvoir de toutes parts
       Plaire et charmer à table ;
       Mais, si sans plaisanter,
J'allais dire de toi chose bien véritable,
A boire on ne voudrait jamais te présenter. (1)

V.

Contre Posthumus.

Ni meurtre, ni poison ; ce n'est pas là ma cause :
Il s'agit d'un chevreau, voilà toute la chose.
J'accuse mon voisin de l'avoir enlevé,
Et le juge voudrait que le fait fut prouvé.
Tu vas sur Mithridate épuiser ta science,
Tu vas contre Carthage armer ton éloquence,
Tu parles de Sylla, du fameux Marius,
Tu comptes les hauts faits du vaillant Mucius ;
Ta main fait plus de bruit, que ta bouche ne crie :
Enfin de mon chevreau parle donc, je t'en prie.

---

(1) Il avait du mal à la bouche.

VI. . . . . . XX.

In Phœbum.

Mutua te centum sestertia, Phœbe, rogavi
    Cùm mihi dixisses: exigis ergò nihil ?
Inquiris, dubitas, cunctaris, meque diebus
    Teque decem crucias : jam rogo, Phœbe, nega.

VII. . . . . LIII.

De Anaxagorá.

Lotus nobiscum est, hilarè cœnavit, et idem
    Inventus manè est mortuus Andragoras :
Tàm subitæ mortis causam, Faustine, requiris ?
    In somnis medicum viderat Hermocratem.

VIII. . . . . LXI.

In invidum.

Laudat, amat, cantat nostros mea Roma libellos, (1)
    Meque sinus omnes, me manus omnis habet.
Eccè rubet quidam, pallet, stupet, oscitat, odit :
    Hoc volo; nùnc nobis carmina nostra placent.

---

(1) *Mea* : mihi benevola.

VI.

Contre Phœbus.

A t'emprunter cent francs je me suis décidé,
Ton offre seule a fait que je l'ai hasardé :
Depuis dix jours, retard, excuse sur excuse;
C'est trop souffrir nous deux : enfin, Phœbus, refuse.

VII.

Sur Andragoras.

Il soupe hier chez moi, d'une gaîté charmante,
On le trouve mort ce matin :
D'où vient cette mort surprenante ?...
En songe il avait vu Fuscus son médecin.

VIII.

Contre un envieux.

Rome veut bien aimer mes vers,
Elle les loue, elle les chante :
Partout on les lit; on les vante
Dans tous les coins de l'univers.
Mais certaine personne
Rougit, pâlit, s'étonne,
Et bâille en enrageant :
C'est bien ce que je veux... Je les aime à présent.

XIV . . . . . . LXXXII.

Ad Rufum.

Quidam me modò, Rufe, diligenter
Inspectum, velut emptor, aut Lanista,
Cùm vultu, digitoque subnotasset:
Tune es, tune, ait, ille Martialis,
Cujus nequitias, jocosque novit,
Aurem qui modò non habet Batavam? (1)
Subrisi modicè, levique nutu,
Me, quem dixerat esse, non negavi.
Cùr ergo, inquit, habes malas lacernas?
Respondi : quià sum malus poëta.
Hoc ne sæpiùs accidat poëtæ,
Mittas, Rufe, mihi bonas lacernas.

XV . . . . . . LXIII.

In Marianum.

Scis te captari, scis hunc, qui captat avarum,
    Et scis quid captet, quid, Mariane, velit:
Tu tamèn hunc tabulis hæredem, stulte, supremis
    Scribis, et esse tuo vis, furiose, loco.

---

(1) Batavos primâ ætate domuerat Domitianus; cùm po ta vellet no-
minare Barbarum, Batavum dixit, qui et barbarus erat, et hostis fuerat
Domitiani. *Emptor* : qui habebat servos venales. *Lanista* : qui habebat
familium gladiatorum, quos emerat, et in spectacula producebat.

XIV.

A Rufus.

Vois, cher Rufus, ce qui m'est arrivé!
Quelqu'un, après m'avoir bien observé,
Comme ferait un acheteur d'esclaves,
M'a dit hier : seriez-vous par hasard
Ce Martial connu de toute part
De qui n'a pas des oreilles Bataves? (1)
En souriant d'un signe je lui dis :
C'est moi. — Pourquoi de si mauvais habits?...
Tout confus, je lui répondis :
Je ne suis qu'un pauvre poète!...
Pour m'épargner un pareil tête-à-tête,
Fais-moi, Rufus, passer de bons habits.

XV.

A Marianus.

Tu sais, Marianus, que l'on te fait la cour;
Que celui qui la fait est un maudit avare,
Tu sais fort bien quel est l'objet de son amour.
Cependant, insensé, dans ton humeur bizarre,
Par un bon testament tu le fais héritier,
Et tu veux qu'en ce monde un jour il te remplace.

---

(1) *Barbares* : Domitien avait dans sa jeunesse soumis les Bataves
que les Romains regardaient comme des peuples grossiers et barbares.

Munera magna quidem misit, sed misit in hamo,

Et piscatorem piscis amare potest?

Hiccine deflebit vero tua fata dolore?...

Si cupis ut ploret; des, Mariane, nihil.

XVI. . . . . LXX.
Ad Martianum.

SEXAGESIMA, Martiane, messis

Acta est, et, puto, jam secunda Cottæ;

Nec se tædia lectuli calentis

Expertum meminit die vel uno.

At nostri bene computentur anni,

Et quantùm tetricæ tulère febres,

Aut languor gravis, aut mali dolores,

A vitâ meliore separentur;

Infantes sumus, et senes videmur.

Ætatem Priamique, Nestorisque

Longam qui putat esse, Martiane,

Multùm decipiturque, falliturque:

Non est vivere, sed valere, vita.

On voit les grands présents qu'il a soin d'envoyer :
Il sait bien ce qu'il fait, et comment il les place ;
Mais il te les envoie au bout d'un hameçon !
Et le pêcheur pourrait être aimé du poisson !...
Penses-tu qu'à ta mort sa douleur soit sincère ?...
Ah ! ne lui donne rien, si tu la veux amère.

XVI.

A Martian.

MARTIAN, Cotta dans ce monde
A compté soixante moissons,
Par-dessus même une seconde :
Jamais ni fièvres, ni frissons,
Qu'il se souvienne, une journée
Ne le retinrent alité ;
Mais nous, calculons par année
Ce que, sur la totalité,
Il faut, du meilleur de la vie,
Oter pour chaque maladie,
Pour fièvres, coliques, langueurs,
Maux de tout genre, et nos douleurs.
Martian, quel que soit notre âge,
Nous ne sommes que des enfants !
On pourrait compter trois cents ans,
Comme Nestor, ou davantage ;
Sans avoir vécu fort long-temps :
De la vie, ami, l'avantage
    N'est pas tout d'exister,
    Mais de bien se porter.

XVII. . . . . LXXVIII.

Ad Aulum, de Phryge lusco.

Poton nobilis, Aule, lumine uno
Luscus Phrix erat, alteroque lippus.
Huic *Heras* medicus : bibas caveto ;
Vinum si biberis, nihil videbis.
Ridens Phrix oculo, valebis, inquit.
Misceri sibi protinùs deuncès,
Sed crebros, jubet. Exitum requiris ?...
Vinum Phrix; oculus bibit venenum.

XVIII. . . . . LXXIV.

Ad Esculanum.

Medio recumbit imus ille qui lecto,
Calvam tripilem segmentatus unguento,
Foditque tonsis ora laxa lentiscis,
Mentitur, Esculane ; non habet dentes.

XIX. . . . . LXXII.

De Cilice fure.

Fur notæ nimiùm rapacitatis

Compilare Cilix volebat hortum :

Ingenti sed erat, Fabulle, in horto

XVII.

A Aulus, sur Phrix qui était borgne.

PARMI les bons buveurs, Phrix était plein de gloire ;
Mais borgne d'un côté, de l'autre chassieux,
Son médecin lui dit : « gardez-vous bien de boire,
« Ou vous ne verrez plus la lumière des cieux. »
Phrix réplique, en riant : « si Monsieur ne se trompe,
« Adieu, mon œil, adieu. » Tout à coup le garçon
Lui verse, à flots pressés, quatre flacons qu'il pompe. —
Et puis ? — Il boit du vin, et son œil du poison.

XVIII.

A Esculanus.

ENFONCÉ dans son lit le vois-tu là-dedans ?
De combien de parfums sa tête chauve est pleine !
Les jolis cure-dents qu'en sa bouche il promène !
Il ment, Esculanus ; car il n'a point de dents.

XIX.

Sur le voleur Cilix.

CONTRE un jardin d'une vaste étendue
    Un jour s'était porté
Cilix, voleur d'une rapacité,
    Qui n'est que trop connue.
Il ne trouva dans cette immensité
    Qu'un marbre, une statue

Præter marmoreum nihil Priapum.

Dùm non vult vacuâ manu redire,

Ipsum surripuit Cilix Priapum.

XX. LXXIX

Ad Lupum.

TRISTIS es, et felix : sciat hoc Fortuna caveto;

Ingratum dicet te, Lupe, sì scierit.

XXI. . . . . . C. Lib. I.

In Calenum.

Non plenum modò vicies habebas;

Sed tàm prodigus, atque liberalis,

Et tàm lautus eras, Calene, ut omnes

Optarent tibi centies amici.

Audit verba Deus, precesque nostras,

Atque intrà, puto, septimas kalendas,

Mortes hoc tibi quatuor dederunt.

At tu sic, quasi non foret relictum,

Sed raptum tibi centies, abîsti

In tantam miser esuritionem,

De ce grand Dieu des voleurs redouté. (1)

Cilix, ta main avide,

Pour cette fois, s'en retournera vide !...

Non pas du tout... Priape est emporté. (2)

XX.

A Lupus.

Je te vois dans l'inquiétude,

Ton bonheur est pourtant tel qu'on le peut avoir!

Prends garde que le *Sort*, venant à le savoir,

Ne te taxe d'ingratitude.

XXI.

Contre Calénus.

Vous n'aviez pas encor vingt mille écus;

Mais vous aviez tant de munificence,

Que vos amis, dans leur reconnaissance,

Pour vous au ciel demandaient cent fois plus!

Un Dieu bientôt entend notre prière;

Et quatre morts, autant que je le crois,

Vous l'ont donné dans le cours de sept mois.

Mais, par malheur, comme venant de faire

Perte de cent fois plus, plutôt que pareil gain,

Vous éprouvez depuis une si grande faim,

(1) Priape, dieu des jardins.

(2) Quelle audace! voler le Dieu qui punit les voleurs!

Ut convivia sumptuosiora,

Toto quæ semel apparas in anno, (1)

Nigræ sordibus explices monetæ,

Et septem veteres tui sodales

Constemus tibi plumbeâ selibrâ. (2)

Quid dignum meritis precamur istis?

Optamus tibi millies, Calene!

Hoc si contigerit, fame peribis.

XXII. . . . . In suppositiis. (3)

Ad Sævolam.

Sævola tu cœnas apud omnes, nullus apud te,

Alterius siccas pocula, nemo tua:

Aut tu redde vices, aut desine velle vocari;

Dedecus est semper sumere, nilque dare.

---

(1) Natali tuo.

(2) *Plumbeâ* : vilissimâ, nulla enim ex plumbo moneta percussa est. Æs dicebatur moneta nigra, fulva autèm aurum.

(3) *Suppositia*, sunt epigrammata à quibusdam Martiali attributa. (Parisiis ; Jos. Barbou, 1754.)

Qu'une seule fois l'an vous mettant en dépense,
Au jour où nous venons fêter votre naissance,
Pour quelques vieux deniers chargés de vert-de-gris,
 Vous régalez sept anciens amis,
  Qui se voient obligés de vivre
  Au vil prix d'une demi-livre
  De sales pièces de rebut.
Quels vœux faire pour vous après cet avantage !...
Ah ! grands Dieux ! donnez-lui mille fois davantage !
 Il meurt de faim, s'il parvient à ce but.

XXII.

A Sævola.

Vous mangez toujours chez les autres,
Personne ne mange chez vous,
Vous buvez nos vins, et les vôtres
Paraissent défendus pour nous.
Enfin décidez-vous à rendre,
Ou restez chez vous désormais ;
Il est honteux de toujours prendre,
Si l'on ne veut rendre jamais.

SCELECTA M. V. MARTIALIS EPIGRAMMATA.

✳✳✳✳✳✳

EX LIBRO SEPTIMO.

I. . . . . . XVI.

Ad Bibliothecam Julii Martialis.

Ruris bibliotheca delicati,

Vicinam videt undè lector urbem!

Intèr carmina sanctiora, si quis

Lascivæ (1) fuerit locus Thaliæ,

Hos nido, licet, inseras vel imo,

Septem quos tibi mittimus libellos,

Auctoris calamo sui notatos:

Hæc illis pretium facit litura.

At tu munere dedicata parvo,

Quæ cantaberis orbe nota toto,

Pignus pectoris hoc mei tuére,

Juli Bibliotheca Martialis.

(1) Jocosæ.

ÉPIGRAMMES CHOISIES
DE MARTIAL.

******

DU LIVRE SEPTIÈME.

I.

A la bibliothèque de Julius-Martial.

O BIBLIOTHÈQUE charmante !
D'une campagne intéressante,
D'où le lecteur a le plaisir
De se promener à loisir
Sur la capitale du monde !
Parmi les objets dont abonde
Ton sein que rien n'a profané,
Pourrais-je me voir confiné ?
Je t'envoie, au nom de Thalie,
Ces sept enfants de sa folie :
Mets-les même au fond d'un recoin.
Sur eux souvent l'auteur eut soin
De répéter une censure,
Que témoigne mainte rature,
Qui n'amoindrit pas leur valeur.
Garde ce gage de mon cœur ;
Que l'univers entier te chante :
Quelque faible que soit ce don,
Partout il portera ton nom,
O bibliothèque charmante !

II. . . . . XXIII.

In maledicum.

Cum Juvenale meo quæ me committere tentas!
　　Quid non audebis, perfida Lingua, loqui?
Te fingente nefas, Pyladen odisset Orestes;
　　Thesea Pyrithoï destituisset amor.
Tu Siculos fratres, (1) et majus nomen Atridas,
　　Et Ledæ poteras dissociare genus.
Hoc tibi pro meritis, et talibus imprecor ausis,
　　Ut facias illud, quod tetra lingua canis.

III. . . . . LXIII.

In Cinnamum.

Qui tonsor fueras totâ notissimus urbe,
　　Et pòst hæc domini munere factus eques;
Sicanias urbes, Æthænaque regna petisti,
　　Cinname, cùm fugeres tristia jura fori.
Quâ nùnc arte graves tolerabis inutilis annos?
　　Quid facit infelix, et fugitiva quies?
Non Rhetor, non Grammaticus, ludive Magister,
　　Non Cynicus, non tu Stoïcus esse potes;
Vendere nec vocem Siculis plausumque theatris:
　　Quod superest, iterùm, Cinname, tonsor eris.

---

(1) Amphinomum et Anapiam, fratres Cataneos, qui piissimi
fuerunt in parentes, adeò ut, Neptuni irâ imminente excidio, eos
humeris extollerent.

II.

Contre un médisant.

Tu cherches à brouiller avec moi Juvénal !
Que n'oseras-tu pas, langue fausse et funeste ?
Tu sais si bien trouver, assaisonner le mal !
Par ton poison, Pylade abhorrerait Oreste,
Et Thésée en fureur fuirait Pyrithoüs.
Tu peux contre Anapie armer Amphinomus, (1)
Inspirer pour toujours la plus mortelle haine
Aux Atrides, ou même aux deux frères d'Hélène !...
O langue de serpent !... Pour prix de tant de bien,
Fais, c'est mon dernier vœu, comme celle du chien.

III.

Contre Cinnamus.

Dans Rome je t'ai vu le plus fameux barbier ;
Les bienfaits d'un patron te firent chevalier.
Craignant des tribunaux la justice sévère,
Au travers l'Ethna tu traînas ta misère :
Par quel art adoucir cet état violent !
Malheureux, fugitif, quel repos accablant !
Tu ne peux point parler grammaire ou rhétorique,
Le langage profond de l'école stoïque,
Sur la scène applaudi trafiquer de ta voix :
Cinnamus, prends encor le rasoir une fois.

---

(1) Deux frères de Catane, célèbres par leur amitié et par leur
piété filiale.

IV. . . . . X CIX.

In Ponticum.

PONTICE, per reges discurris, et omnia lustras ;
    Magna quidem sequeris, Pontice, magnus homo es !
Pontice, si qua facis, sine teste facis, sine turbâ ;
    Non adhibes multos, Pontice, cautus homo es !
Pontice, te celebrem formâ natura creavit,
    Dignus eras Helenâ, Pontice, pulcher homo es !
Pontice, voce tuâ posses adamanta movere,
    Vox tua dulce sonat, Pontice, dulcis homo es !...
Pontice, sic alios, sic te quoque decipit error ;
    Vis dicam verum ? Pontice, nullus homo es !

V. . . . . LIX.

Ad Jovem.

TARPEIÆ venerande, Rector aulæ,

Quem, salvo duce, credimus Tonantem !

Cùm votis sibi quisque te fatiget,

Et poscat dare, quæ dei potestis :

Nil prò me mihi, Jupiter, petenti

Ne succensueris, velùt superbo ;

Te pro Cæsare debeo rogare,

Pro me debeo Cæsarem rogare.

IV.

Contre Ponticus.

COURANT de grands en grands tout le pavé de Rome,
Au grand visant toujours, vous êtes un grand homme !...
Vous agissez en tout sans foule, sans témoins ;
Vous êtes, Ponticus, un homme plein de soins !...
Nature vous forma digne d'une autre Hélène,
Vous êtes un bel homme !... Aussi douce que pleine
Votre voix, par ses sons fondrait le diamant,
Vous êtes, Ponticus, un homme bien charmant !...
Mais non... Vous vous trompez... On se trompe dans Rome,
Vous n'êtes, Ponticus, vraiment rien moins qu'un homme.

V.

A Jupiter.

Du Capitole, ô protecteur auguste,
Qui, conservant le prince le plus juste,
    Te montres le maître des cieux,
  Mieux que par ton puissant tonnerre !
      Quand chacun sur la terre
      Pour soi te fait des vœux
Et réclame de toi ce que peuvent les dieux ;
  Grand Jupiter ! en moi dans ta colère
     Ne punis pas un orgueilleux,
Si je ne fais pour moi jamais nulle prière ;
    Car je dois m'adresser à toi
    Pour César, à César pour moi.

SCELECTA M. V. MARTIALIS EPIGRAMMATA.

✳✳✳✳✳✳

EX LIBRO OCTAVO.

I. . . . . III.

Ad Musam. (1)

Quinque satìs fuerant; nàm sex, septemve libelli

    Est nimiùm : quid adhuc ludere, Musa, juvat?

Sit pudor, et finis; jàm plùs nihil addere nobis

    Fama potest : teritur noster ubiquè liber ;

Et, cùm rupta situ Messallæ saxa jacebunt,

    Altaque Licini marmora pulvis erunt,

Me tamèn ora legent, et secum plurimus hospes

    Ad patrias sedes carmina nostra feret.

Finieram : cùm sic respondit nona Sororum,

    Cui coma, et unguento sordida vestis erat :

« Tune potes dulces, ingrate, relinquere nugas ?

    « Dic mihi, quid melius desidiosus ages ?

« An juvat ad tragicos soccum transferre cothurnos ?

    « Aspera vel paribus bella tonare modis ?

(1) Thaliam.

ÉPIGRAMMES CHOISIES
DE MARTIAL.

✳✳✳✳✳✳

DU LIVRE HUITIÈME.

I.

A sa Muse. (1)

Cinq Livres suffisaient : six, sept ou davantage,
Muse, c'est beaucoup trop ; trève de badinage :
La pudeur doit enfin triompher du plaisir.
Que peut la renommée ajouter au désir
D'un homme que connaît la terre toute entière ?
Marbres de Licinus vous serez en poussière !
Rochers de Messalla vous n'existerez plus !
Mes vers de toutes parts seront encore lus ;
De nombreux étrangers, sortant de l'Italie,
Les porteront encore au sein de leur patrie.
Je finissais : ma Muse apparut à mes yeux ;
Les parfums inondaient sa robe et ses cheveux.
« Quitter des jeux charmants qui te couvrent de gloire !...
« Tu le voudrais, dit-elle, ingrat ! puis-je le croire ?
« Que feras-tu de mieux dans ton oisiveté ?
« Veux-tu, d'un fol orgueil à présent emporté,
« Changer le brodequin en cothurne tragique,
« Ou peut-être, embouchant la trompette héroïque,

(1) Thalie.

« Perlegat ut tumidus raucà te *voce magister,

« Oderit et grandis virgo, bonusque puer.

« Scribant illa graves nimiùm, nimiùmque severi,

« Quos mediâ miseros nocte lucerna videt.

« At tu romano lepidos sale tinge libellos,

« Agnocat mores *Vita*, legatque suos :

« Argutâ cantare licet videaris avenâ,

« Dùm tua multorum vincat avena tubas. »

II. . . . . VII.

In Cinnam.

Hoc agere est causas, hoc dicere, Cinna, disertè !

Horis, Cinna, decem dicere verba novem !

Sed modò Clepsydras ingenti voce petisti (1)

Quatuor : ô quantùm, Cinna, tacere potes !

III. . . . . IX.

Ad Quinctum de Hylâ.

SOLVERE dodrantem nupèr tibi, Quincte, volebat
Lippus Hylas ; luscus vult dare dimidium :

---

(1) Quatuor Horas.

« Chanter en vers égaux les jeux affreux de Mars,

« Faire enrouer Docteur, Bachelier, maître-ès-arts,

« Devenir odieux à toute la jeunesse?

« Gens graves à l'excès, dont la pâle détresse

« D'une lampe à minuit s'éclaire tristement,

« Pourront y fatiguer leur dur tempérament;

« Mais toi, du sel romain imprègne tes ouvrages;

« Fais-y lire à chacun ses mœurs et ses usages.

« Le chalumeau léger, où tu parais chanter,

« Sur plus d'une trompette encor peut l'emporter. »

II.

Contre Cinna.

COMMENT! en dix heures neuf mots!

C'est plaider avec éloquence!...

C'est parler avec abondance!...

Mais soudain, sans prendre repos,

Tu demandes, Cinna, d'une voix de tonnerre

Quatre clepsydres : ô!... combien tu peux te taire! (1)

III.

A Quinctus sur Hylas.

HYLAS, sur quatre parts,

Te présentait trois quarts,

---

(1) Clepsydres, horloges d'eau dont les anciens se servaient ; elles duraient une heure.

Accipe quamprimùm, brevis est occasio lucri;
    Si fuerit cœcus, nil tibi solvet Hylas.

IV. . . . . XVII.

Causidicus ad Sextum.

Egi, Sexte, tuam pactus duo millia causam,
    Misisti nummos quot mihi? — Mille. — Quid est? —
Narrasti nihil, inquis, et à te perdita causa est. —
    Tantò plus debes, Sexte, quòd erubui.

V. . . . . XVIII.

Ad Cirinium.

Sic tua, Cirini, promas epigrammata vulgo, (1)
    Ut mecum possis, vel prior ipse, legi;
Sed tibi tantus inest veteris respectus amici,
    Carior ut mea sit, quàm tua fama, tibi.
Sic Maro nec calabri tentavit carmina Flacci,

---

(1) Cirinium deridet, qui dicebat se posse edere epigrammata,
sed nolle, ne Martialis æmulus videretur.

Lorsque rougeur funeste

Lui fatiguait les yeux.

Maintenant, sur les deux,

Qu'un seul, hélas! lui reste,

Hylas t'offre un demi :

Accepte, mon ami;

L'occasion s'enfuit!... Ah! Quinctus, je me doute

Que, s'il devient aveugle, il te fait banqueroute.

IV.

Un avocat à Sextus.

MOYENNANT mille écus j'avais promis d'agir :

Que m'avez-vous donné? — La moitié. — Belle chose! —

Mais vous n'avez rien dit, et j'ai perdu ma cause! —

Vous devez d'autant plus, il m'a fallu rougir.

V.

A Ciriniare.

DANS le genre où j'écris, publiant quelque ouvrage, (1)

Vous seriez mon égal, ou même mon vainqueur :

Par égard pour l'ami de votre premier âge,

Vous préférez ma gloire à votre propre honneur.

Virgile ainsi céda la lyre pindarique

A Flaccus qu'il eût pu sans doute surpasser,

---

(1) Il se moque d'une personne, qui pouvant, disait-elle, réussir dans l'épigramme, ne voulait pas rivaliser avec Martial, de peur de lui porter perte.

Pindaricos posset cùm superare modos ;

Et Vario cessit Romani laude cothurni ,

Cùm posset tragico fortiùs ore loqui.

Aurum , et opes , et rura frequens donabit amicus ;

Qui velit ingenio cedere , rarus erit.

VI. . . . . XIX.
De Cinna.

PAUPER videri Cinna vult, et est pauper ! (1)

VII. . . . . XX.
Ad Varum.

CUM facias versus nullâ non luce ducenos,

Vare nil recitas : non sapis , atque sapis. (2)

VIII. . . . . XXXV.
In pessimos conjuges.

CUM sitis simîles , paresque vitâ ,

Uxor pessima, pessimus Maritus ,

Miror , non benè convenire vobis.

---

(1) Ità erat pauper, ut vellet dissimulare divitias.

(2) Non sapis , quià versus scribis , et sapis , quià nihil recitas.

Laissa pour Varius le cothurne tragique
Qu'avec plus d'avantage il aurait pu chausser.
Sur un autre soi-même on voit, Ciriniare,
L'amitié bien souvent épancher son trésor,
Partager avec lui tous ses biens, tout son or;
Mais céder en génie!... ah! ce sera bien rare!

VI.

Sur Cinna.

Il veut paraître n'avoir rien :
Le pauvre Cinna le peut bien! (1)

VII.

A Varus.

Varus, à chaque jour que le ciel donne au monde,
Découlent deux cents vers de ta plume féconde ;
Et cependant jamais tu ne récites rien :
Tu fais fort mal, Varus! Varus, tu fais fort bien! (2)

VIII.

Contre deux mauvais époux.

Vous êtes bien pareils, même vie et même âme,
Mauvais époux, et détestable femme :
Couple assorti! pourquoi nul accord entre vous?
En vérité, cela nous surprend tous!

---

(1) Il faisait le pauvre, il l'était réellement; mais il voulait qu'on le crût riche.

(2) Fort mal de les faire, fort bien de ne pas les lire.

IX. . . . . XLIX.
De Aspro.

FORMOSAM planè, sed cæcus, diligit Asper :

Plus ergò, ut res est, quam videt, Asper amat.

X. . . . . LXXVI.
In Gallicum.

DIC verum mihi, Marce, dic amabo,
Nil est, quod magis audiam libenter. —
Sic et cùm recitas tuos libellós,
Et causam quoties agis clientis,
Oras, Gallice, me, rogasque semper.
Durum est me tibi, quod petis, negare!
Vero verius ergò quid sit audi :
Verum, Gallice, non libentèr audis. (1)

XI. . . . . LXXIX.
In Fabullam.

OMNES aut vetulas habes amicas,

Aut turpes, vetulisque fœdiores :

Has ducis comites, trahisque tecum

---

(1) Quasi diceret : si voluero dicere verum, non audies me libentèr,
nàm te non laudabo.

IX.

Sur Asper.

Il est aveugle Asper, et la belle qu'il aime
Est bien la beauté même;
Certes chacun conçoit
Qu'il aime encor plus qu'il ne voit.

X.

Contre Gallicus.

Martial, mon ami, je l'ai toujours chérie,
Dites-moi bien, je vous en prie,
Dites-moi bien la vérité. —
Récitez-vous vos vers, plaidez-vous une cause,
Vous demandez toujours, toujours la même chose.
Croyez à ma sincérité,
Pour moi, vous refuser est une peine extrême:
Apprenez donc plus vrai, que la vérité même!
Vous n'aimez pas la vérité. (1)

XI.

Contre Fabulla.

Fabulla, des vieilles hideuses,
Ou des laides bien plus affreuses
Partout accompagnent vos pas:
Ce sont là toutes vos amies;

(1) C'est comme s'il disait : la vérité ne vous fera pas plaisir, car je ne puis vous louer.

Per convivia, porticus, theatra;

Sic formosa, Fabulla, sic puella es. (1)

XII. . . . . XLVIII. Lib. I.

In Diaulum medicum.

Nuper erat medicus, nùnc est vespillo Diaulus; (2)

Quod Vespillo facit, fecerat et medicus.

XIII. . . . . XLIII.

In Fabium et Chrestillam.

Effert uxores Fabius, Chrestilla maritos,

Funereamque toris quassat uterque facem.

Victores committe Venus, quos iste manebit

Exitus, una duos ut Libitina ferat. (3)

---

(1) Quià videris pulchrior intèr has comites, quamvis anus sis et deformis.

(2) Vespillo est ille, qui effert corpora ad sepulturam, à vespere dictus, quoniàm majores eâ sepeliebantur horâ.

(3) Libitina, sandapila. Hoc accidit, ut tales conjungerentur temporibus Augusti; cùm mulier septem maritos, vir totidèm uxores occidisset.

Vous les traînez aux galeries,

Dans les théâtres, aux repas :

Ainsi vous êtes belle,

Et toute jouvencelle ! (1)

XII.

Contre le médecin Diaulus.

Il était médecin naguère ;

Aujourd'hui nuitamment

Il met les gens en terre :

Ce qu'il fit médecin, il le fait à présent.

XIII.

Contre Fabius et Chrestilla.

Tous deux sur leurs lugubres lits,

Brûlant de trop funestes flammes,

Chrestilla perd tous ses maris,

Et Fabius toutes ses femmes.

Unis, Vénus, unis les deux victorieux,

Et qu'un même cercueil les emporte tous deux ! (2)

_____

(1) Parce que quoique vieille et laide, avec de pareilles compagnes, vous paraissez jeune et jolie.

(2) La même chose arriva du temps d'Auguste ; on vit une femme, qui avait eu sept maris, épouser un homme, qui avait eu sept femmes.

SCELECTA M. V. MARTIALIS EPIGRAMMATA.

✻✻✻✻✻✻

EX LIBRO NONO.
I. . . . . VI.

In Paullam.

Nubere vis Prisco; non miror, Paulla, sapisti :

Ducere te non vult Priscus, et ille sapit.

II. . . . . XV.
In fictos amicos.

Hunc, quem cœna tibi, quem mensa paravit amicum,

Esse putas fidæ pectus amicitiæ!

Aprum amat, et mullos, et sumen, et ostrea; non te.

Tam bene si cœnem, noster amicus erit.

III. . . . . X.
In Bitynicum.

Nil tibi legavit Fabius, Bitynice, cui tu

Annua, si memini, millia sena dabas!

~~~~~~

ÉPIGRAMMES CHOISIES
DE MARTIAL.

✳✳✳✳✳✳

DU LIVRE NEUVIÈME.

I.

Contre Paulle.

Par les liens du mariage,
Vous voulez à Priscus, Paulle, unir votre sort !
Je n'en suis point surpris, je vous trouve fort sage :
　　　Lui qui ne veut pas, il n'a pas tort.

II.

Contre les faux amis.

Tu crois un ami sûr, un ami bien sincère,
Celui que t'ont donné le vin, la bonne chère !
T'aime-t-il autant qu'eux ?... Ma foi, je n'en crois rien :
Il sera mon ami, si je traite aussi bien.

III.

A Bitynicus.

Si j'ai bonne mémoire,
Par an à Fabius
Tu donnais mille écus ;
Dans son dernier mémoire

Plus nulli dedit ille; queri, Bitynice, noli *.*

Annua legavit millia sena tibi.

IV. . . . . XLVII.
In Gellium.

GELLIUS ædificat semper : modò limina ponit,
    Nùnc foribus claves aptat, emitque seras;
Nùnc has, nùnc illas mutat, reficitque fenestras.
    Dùm tantùm ædificet, quidlibet ille facit:
Oranti nummos ut dicere possit amico
    Unum illud verbum Gellius, ædifico.

V. . . . . XLIX.
In Gallicum.

HÆREDEM cùm me partis tibi, Gallice, quartæ
    Per tua jurares sacra, caputque tuum,
Credidimus, (quis enìm damnet sua vota libentèr)
    Et spem muneribus fovimus usquè datis:
Inter quæ rari Laurentem ponderis aprum
    Misimus, ætolà de Calydone putes.
At tu continuò populumque, patresque vocasti,
    Ructat adhùc aprum callida Roma meum.
Ipse ego, quis credat? conviva nec ultimus hæsi!
    Sed nec costa data est, caudave missa mihi.
De quadrante tuo quid sperem, Gallice? nulla
    De nostro nobis uncia venit apro.

Il ne te lègue rien !...

Il ne fait plus de bien,

Qu'à tout autre personne.

Ami, ne te plains pas ; c'est bien,

Par an, mille écus qu'il te donne.

IV.

Contre Gellius.

Il bâtit, rebâtit toujours,

Place aux portes des clefs, achète des serrures ;

Il corrige aujourd'hui, demain change les jours ;

Il fait, défait, refait fenêtres, embrasures,

Tout enfin. Si quelqu'un lui demande un plaisir,

Il veut pouvoir lui dire : ami, je fais bâtir.

V.

Contre Allicus.

Lorsque sur votre tête, Allicus, vous juriez,

Qu'héritier pour un quart vous me désigneriez,

J'y crus : comment blâmer si douce confiance ?

J'ai depuis, de mon mieux, nourri mon espérance.

D'un sanglier énorme, hier je vous fais don ;

On l'aurait cru venu des champs de Calydon !

Vous appelez soudain tous les gourmands de Rome,

Plébéiens, sénateurs ; ils mangent, Dieu sait comme !...

Et moi : le croira-t-on ?... Je n'en ai pas goûté !

Je n'ai même pas eu l'honneur d'être invité !...

Pauvre quart !... qu'espérer ? Quelle funeste annonce !

Quand de mon sanglier je n'ai pas même une once.

VI. . . . . L.

De togâ à Parthenio sibi datâ.

Hæc est illa meis multùm cantata libellis,
    Quam meus edidicit lector, amatque togam!
Partheniana fuit, quondàm memorabile vatis
    Munus; in hâc ibam conspiciendus eques:
Dùm nova, dùm nitidâ fulgebat splendida lanâ,
    Dùmque erat auctoris nomine digna sui,
Nunc anus, et tremulo vix accipienda tribuli, (1)
    Quam possis niveam dicere jure tuo.
Quid non longa dies, quid non consumitis anni?
    Hæc toga jam non est Partheniana; mea est.

VII. . . . . LXIII.

De Philœni.

Tinctis murice vestibus quòd omni

Et nocte utitur, et die Philœnis,

Non est ambitiosa, nec superba;

Delectatur odore, non colore.

VIII. . . . LXXX.

Ad Picentinum.

Funera post septem nupsit tibi Galla virorum,
    Picentine; sequi vult, puto, Galla viros.

---

(1) Tribules vocabantur pauperes, qui extrà censum erant, et à solâ tribu appellati. *Niveam*: tritam, et contrà frigus nullam.

VI.

Sur la toge que Parthenjus lui avait donnée.

LE voici cet habit que j'aimais à chanter !
Cet habit qu'on aimait à m'entendre vanter !
Ce fut d'un grand poète un présent mémorable.
Combien sous cet habit j'avais l'air respectable,
Lorsque neuf, il brillait de toute sa splendeur !
Il était digne alors du nom de son auteur.
Aujourd'hui vieux, usé, s'il se trouvait par terre,
Serait-il ramassé par le plus pauvre hère ?
O Temps ! funeste Temps ! Tu n'épargnes donc rien !
Ce n'est plus ton habit, Parthenjus ; c'est le mien.

VII.

Sur Adelle.

AMI, ce n'est point par fierté,
Encore moins par vanité,
Que nuit et jour la jeune Adelle
Porte la pourpre la plus belle :
Son goût n'est pas pour la couleur ;
Elle n'en aime que l'odeur.

VIII.

A Picentinus.

VEUVE de sept maris, Galla vient de te prendre :
Auprès de sept défunts Galla veut donc se rendre.

IX. . . . . LXXII.

In Cœcilianum.

DIXERAT ô mores! ô tempora! Tullius olìm, (1)

    Sacrilegum strueret cùm Catilina nefas, (2)

Cùm gener atque socer diris concuteret armis, (3)

    Mœstaque civili cæde maderet humus.

Cùr nunc ô mores! cur nunc ô tempora! dicis?

    Quod tibi non placeat, Cœciliane, quid est?

Nulla ducum feritas, nulla est insania ferri:

    Pace frui certâ, lætitiâque licet.

Non nostri faciunt, tua quòd tibi tempora sordent;

    Sed faciunt mores, Cæciliane, tui.

X. . . . . LXXV.

In Sutorem.

DENTIBUS antiquas solitus producere pelles,

    Et mordere luto putre, vetusque solum;

Prænestina tenes decepti rura patroni,

    In quibus indignor si tibi sella fuit.

---

(1) Tullius Cicero, princeps oratorum romanorum.
(2) Adi Salustium de conjuratione Catilinæ.
(3) Cæsar et Pompeïus.

IX.

Contre Mœcilius.

O temps ! ô mœurs ! s'écriait Tullius, (1)
Lors des complots affreux du fameux Lucius ; (2)
    Quand deux rivaux, le gendre et le beau-père, (3)
Du sang des citoyens faisaient rougir la terre.
    Mais aujourd'hui, crier : ô temps ! ô mœurs !...
Comment donc notre siècle a-t-il pu te déplaire ?
    Nous n'avons plus aucun chef sanguinaire,
La fureur des combats n'arrache plus des pleurs.
    Vois comme au sein d'une paix assurée,
A la joie, au bonheur la vie est consacrée !
    Mœcilius, ne t'en prends qu'à tes mœurs,
Si les temps d'à présent excitent tes clameurs.

X.

Contre un cordonnier.

Accoutumé naguère à tirer de la dent
De vieilles peaux, à mordre une sale semèle,
D'un protectenr trop bon confident infidèle,
A Præneste en ses biens tu règnes à présent :
Je m'indignais d'y voir un coin à ton service !
Que d'un aveugle sort je maudis l'injustice !

(1) Tullius Cicéron, le prince des orateurs romains.
(2) Lucius Catilina. (*Voyez* dans Saluste l'histoire de sa conjuration.)
(3) César et Pompée.

At me litterulas stulti docuêre parentes!

     Quid cùm grammáticis, rhetoribusque mihi?

Frange leves calamos, et scinde Thalia libellos,

     Si dare sutori calceus ista potest.

XI. . . . . LXXXIX.

Ad Lupercum.

Septem post calices Opimiani,

Denso cùm jaccam triente blæsus,

Affers, nescio quas, mihi tabellas,

Et dicis : modò liberum esse jussi ;

Zenas servulus est mihi paternus :

Signa. Cràs meliùs, Luperce, fiet :

Nunc signat meus annulus lagenam. (1)

XII. . . . . . XC.

Ad Rufum.

Dum me captares, mittebas munera nobis :

     Postquàm cepisti, das mihi, Rufe, nihil.

Ut captum teneas, capto quoquè munera mitte ;

     De caveâ fugiat ne malè pastus aper.

---

(1) Temporum suorum scelus notat, quibus per vinum extorque-
bántur nonnulla.

Des' parents insensés m'ont fait étudier....
Grammairiens, Rhéteurs, de vous tous qu'ai-je affaire ?
Muse, écrase ma plume, et brise mon papier,
Si pour un cordonnier un soulier peut tant faire !

XI.

A Lupercus.

APRÈS sept bouteilles de vin,
Lorsque ma langue embarrassée
Peut rendre à peine ma pensée,
Vous venez m'apporter soudain
Je ne sais trop quelles tablettes.
J'affranchis, dites-vous, mon jeune esclave Alettes,
Signez. — Demain ce sera mieux ;
Mon anneau maintenant signe pour le vin vieux. (1)

XII.

A Rufus.

A force de présens vous sûtes m'attrapper ;
Vous ne me donnez plus depuis la moindre chose:
Mais à votre captif envoyez, et pour cause,
Sanglier mal nourri pourrait bien s'échapper.

---

(1) Il signale un vice de son siècle, où le vin occasionnait de
funestes surprises.

XIII . . . . . XCIV.

Ad Condylum.

Quæ mala sunt domini, quæ servi commoda nescis,

　　Condyle, qui servum te gemis esse diù.

Dat tibi securos yilis lecticula somnos ;

　　Pervigil in plumâ Caïus eccc jacet.

Caïus à primâ tremebundus luce salutat

　　Tot dominos ! at tu, Condyle, nec dominum.

Quod debes, Caï, redde, inquit Phœbus, et illinc (1)

　　Cinnamus ; hoc dicit, Condyle nemo tibi.

Tortorem metuis ; podagrâ, chiragrâque secatur

　　Caïus, et mallet verbera mille pati.

Quòd nec manè vomis, nec luxu, Condyle, tabes,

　　Non mavis, quàm ter Caïus esse tuus ? (2)

---

(1) Phœbus et Cinnamus fœneratores.

(2) Mallesne hæc tria incommoda : salutationem, æs alienum et podagram ?

XIII.

A Condylus.

Tu te plains, Condylus, de servir trop long-temps !
　　　Tu ne sais pas les maux d'un maître,
　　　Tu ne sais pas ce qu'il peut être
Dans ta condition de biens et d'agréments.
Tandis qu'en ton grabat tu ronfles à merveille,
Caïus sur la plume, hélas ! soupire et veille.
A cinquante patrons, au premier point du jour,
Caïus, en tremblant, s'en va faire la cour ;
　　　Et tu n'en fais pas à ton maître.
　　　L'un après l'autre il voit paraître
Phœbus et Cinnamus ; chacun fort obligeant (1)
　　　Lui dit : rendez-moi mon argent ;
　　　Jamais on ne vient te le dire.
　　　Tu crains le fouet qui te déchire ;
　　　La goutte lui ronge les os,
　　　Il la trouve mille fois pire.
　　　Pour soulagement à ses maux,
　　　Caïus n'a d'autre avantage,
　　　Que de vomir chaque matin,
　　　D'être un infâme libertin :
A ce prix, voudrais-tu tout le reste en partage ?

_____

(1) Phœbus et Cinnamus, deux usuriers.

XIV. . . . . XCIX.

Ad Julium.

RUMPITUR invidiâ quidam, clarissime Juli,

Quòd me Roma legit, rumpitur invidiâ.

Rumpitur invidiâ, quòd turbâ semper in omni (1)

Monstramur digito, rumpitur invidiâ.

Rumpitur invidiâ, tribuit quòd Cæsar uterque (2)

Jus mihi natorum, rumpitur invidiâ.

Rumpitur invidiâ, quòd rus mihi dulce sub urbe est,

Parvaque in urbe domus, rumpitur invidiâ.

Rumpitur invidiâ, quòd sum jucundus amicis,

Quòd conviva frequens, rumpitur invidiâ. (3)

Rumpitur invidiâ, quòd amamur, quòdque probamur.

Rumpatur, quisquis rumpitur invidiâ.

---

(1) Monstramur digito; ut illud Persii: pulchrum est digito monstrari, et dicier: hic est.

(2) Titus et Domitianus. *Jus mihi natorum*: cùm aliquid populo viritìm dividebatur, his dabatur, qui hoc jus habebant, portio pro tribus pueris alendis; quò institutum fuerat in monumentum et laudem tergeminorum Horatiorum.

(3) Quòd sæpè invito.

XIV.

A Jules.

JULES, Rome me lit ;

Quelqu'un crève d'envie.

Partout en me montrant on dit :

C'est lui, c'est Martial ; il en crève d'envie.

Plus d'un grand prince fit

Le bonheur de ma vie ;

Il en crève d'envie.

J'ai sous les murs de Rome un domaine charmant,

Il en crève d'envie.

En ville je possède un petit logement ;

Il en crève d'envie.

J'ai d'excellents amis que j'invite souvent ;

Il en crève d'envie.

Partout on m'applaudit,

On m'aime, on me chérit ;

Il en crève d'envie...

Ah ! puissent tous crever, ceux qui crèvent d'envie,

XV. . . . . CIV.

Adulatur Domitiano.

APPIA, quam, simili venerandus in Hercule, Cæsar (1)

Consecrat, Ausoniæ maxima fama viæ!

Si cupis Alcidæ cognoscere facta prioris,

Disce : Libyn domuit; aurea poma tulit;

Peltatam. Scythico discindit Amazona nodo;

Addidit Arcadio terga leonis apro;

Æripedem sylvis cervam, Stymphalidas undis

Abstulit; à Stygiâ cum cane venit aquâ;

Fœcundam vetuit reparari moribus Hydram;

Hesperias Tusco lavit in amne boves.

Hæc minor Alcides, major quæ gesserit, audi, (2)

Sextus ab albanâ quem colit arce lapis:

Asseruit possessa malis palatia regnis; (3)

Prima suo gessit pro Jove bella puer;

Solus Iuleas cùm jam retinéret habenas,

---

(1) In templo ad sextum lapidem Domitianus colebatur sub imagine Herculis, ob viam Appiam, quam alloquitur poëta.

(2) *Alcides minor* : Hercules Tebanus.

(3) Domitianus puer unà cùm patruo Sabino profugit in capitolium, quod liberavit Vitellianis ejectis.

X V.

Il fait sa cour à Domitien.

Voie Appienne, ô toi l'honneur de l'Ausonie, (1)
Toi, qu'un prince adoré consacre et sanctifie,
De l'Hercule Tébain empruntant tous les traits !
Veux-tu de cet Hercule apprendre les hauts faits ?
Écoute : il terrassa le lion de Némée,
Se couvrit de sa peau ; d'une Amazone armée,
Dans la Thrace, arracha le riche baudrier ;
Tua sur l'Érymanthe un cruel sanglier ;
Étouffa dans ses bras le géant de Lybie ;
Enleva les fruits d'or du jardin d'Hespérie ;
Atteignit dans les bois la biche aux pieds d'airain ;
De monstrueux oiseaux il purgea le Stymphale.
Cent têtes renaissaient sur une Hydre fatale,
D'un coup de sa massue il l'écrasa soudain.
Il entraîna Cerbère à travers l'onde noire,
Et dans les flots du Tibre il fit baigner les bœufs
Témoignages certains d'une illustre victoire...
D'un Hercule plus grand vois les actes fameux :
(A six milles de Rome, en son auguste temple,
Comblé de ses bienfaits, un peuple le contemple.)
Il fit pour Jupiter l'essai de sa valeur ; (2)
Chassa du capitole un lâche usurpateur ;

(1) Domitien était honoré, sous l'image d'Hercule, dans un temple,
sur la voie Appienne, à laquelle le poète s'adresse.
(2) Il chassa du capitole les partisans de Vitellius.

Tradidit, inque suo tertius orbe fuit; (1)

Cornua Sarmatici ter perfida contudit Istri;

Sudantem Geticâ ter nive lavit equum;

Saepe recusato Parthos duxisse triumphos, (2)

Victor Hyperboreo nomen ab orbe tulit. (3)

Templa deis, mores populis dedit, otia ferro,

Astra suis, Coelo syderâ, serta Jovi. (4)

Herculeum tantis numen non sufficit actis:

Tarpeio Deus hic commodet ora patri. (5)

---

(1) Domitianus, creatus imperator, jactabat se dedisse imperium patri et fratri, illosque sibi reddidisse.

(2) Cum saepè recusatum esset : hujus elocutionis usus est frequens apùd Q. Curtium.

(3) Dictus est Germanicus.

(4) *Syderà Coelo* : quià suos retulit inter sydera, patrem, fratrem, filium et uxorem.

(5) *Deus hic* : Jupiter Capitolinus cui lauream coronam intulit ex victoriâ Sarmaticâ.

Seul maître de l'empire, il le cède à son père,

Et ne dédaigne pas d'obéir à son frère ; (1)

Du Danube trois fois il dompte la fierté ;

Contre le Gète errant son coursier emporté,

A travers les dangers que son courage brave,

Dans les neiges trois fois de ses sueurs se lave ;

Du Parthe ce Héros brûle de triompher,

On le rend bien plus grand de le lui refuser. (2)

Mais aux plages du nord une insigne victoire

Lui laisse pour toujours un nom couvert de gloire ;

Il nous donne la paix, et des temples aux Dieux,

A la terre des mœurs, et des astres aux cieux ; (3)

Le firmament lui doit l'éclat qui l'environne ;

Jupiter, il vous offre une belle couronne.

D'Hercule c'est trop peu pour tant d'illustres faits :

Au père des Romains, grand Dieu ! prêtez vos traits !

---

(1) Il se vantait d'avoir cédé l'empire à son père et à son frère.

(2) Volgèse, roi des Parthes, avait réclamé du secours ; Domitien brigua plusieurs fois l'honneur de le porter, à condition qu'à son retour il triompherait des Parthes : on le lui refusa, crainte que les rois de l'Orient n'eussent les mêmes prétentions.

(3) Il plaça parmi les astres son père, son frère, son fils et son épouse.

SCELECTA M. V. MARTIALIS EPIGRAMMATA.

✳✳✳✳✳✳

EX LIBRO DECIMO.

I. . . . . . IV.

Ad Lectorem.

Qui legis OEdipodem, caligantemque Thyesten,

Colchidas et Syllas, quid nisi monstra legis?

Quid tibi raptus Hylas, quid Parthenopæus et Atys,

Quid tibi dormitor proderit Endymion?

Quid te vana juvant miseræ ludibria chartæ?

Hoc lege, quod possis dicere jure, meum est.

Non hìc Centauros, non Gorgonas, Harpyasque

Invenies : hominem pagina nostra sapit.

II. . . . . . VIII.

De Paullá.

Nubere Paulla cupit nobis, ego ducere Paullam
Nolo. — Anus est. — Vellem, si magis esset anus.

ÉPIGRAMMES CHOISIES
DE MARTIAL.

✳✳✳✳✳✳

DU LIVRE DIXIÈME.

I.

Au Lecteur.

O toi qui lis OEdipe, et le sombre Thyeste,
Qui lis Scylla, Médée, et ses noires fureurs!
    En vérité, dis-moi, de tant d'horreurs
    De quoi te sert la lecture funeste?
    De quel profit peuvent être pour toi
L'enlèvement d'Hylas, Atys, Parthénopée,
Endymion dormant, je ne sais trop pourquoi?...
    Par de vains jeux ton âme est bien trompée!
    Mais lis mes vers, tu diras : c'est à moi.
    Tu n'y verras ni Gorgone effrayante,
    Ni de Harpie image dégoûtante,
    Point de Centaure : ici chaque feuillet
    Ne peint aux yeux que l'homme tel qu'il est.

II.

Sur Paulla.

PAULLA veut m'épouser : je n'en veux pas, ma foi. —
Elle est vieille. — C'est vrai; mais pas assez pour moi.

16

III. . . . . XVI.

In Caïum.

Si donare vocas promittere, nec dare, Caï,

Vincam te donis muneribusque meis:

Accipe Callaïcis quidquid fodit Astur in arvis;

Aurea quidquid habet divitis unda Tagi;

Quidquid Erythræâ niger invenit Indus in algâ;

Quidquid et in nidis unica servat avis;

Quidquid Agenoreo Tyros improba cogit aëno;

Quidquid habent omnes accipe, quomodò das.

IV. . . . . XXIII.

De M. Antonio Primo Tolosano.

Jam numerat placido felix Antonius ævo

Quindecies actas Primus olympiadas;

Præteritosque dies, et totos respicit annos

Nec metuit Lethes jam proprioris aquas;

III.

Contre Caïus.

APPELEZ-VOUS donner *promettre, et rien de plus?*
Je vous surpasserai par mes dons, Caïus :
  Recevez en partage
 Tout ce qu'aux champs Galliciens
  Vont fouiller les Asturiens;
  Ce que roule le Tage
  Sur un sable doré;
Tout ce que l'Indien peut avoir retiré
  Du fond de la mer Arabique;
Ce que certain oiseau dans l'univers unique
  Conserve dans ses nids;
  Ce qu'en mainte chaudière
 L'infatigable Tyr a mis :
Enfin recevez tout, de la même manière
  Que vous donnez à vos amis.

IV.

Sur M. Antoine de Toulouse.

HEUREUX, dans une paix parfaite,
Antoine compte sur sa tête
Quinze lustres accumulés;
Il repasse dans sa mémoire
Tant de jours et d'ans écoulés,
Sans jamais craindre l'onde noire,

Nulla recordanti lux est ingrata, gravisque,

Nulla subit cujus non meminisse velit.

Ampliat ætatis spatium sibi vir bonus ; hoc est

Vivere bis, vitâ posse priore frui.

V. . . . . . XXXII.

De imagine M. Antonii Primi, ad Cæditianum.

Hæc mihi quæ colitur violis pictura rosisque,
  Quos referat vultus, Cæditiane, rogas?
Talis erat Marcus mediis Antonius annis
  Primus ; in hoc juvenem se videt ore senex.
Ars utinàm ! mores animumque effingere posset !
  Pulchrior in terris nulla tabella foret.

VI. . . . . . XLIV.

Ad Q. Ovidium.

Quinte, Caledonios, Ovidi, visure Britannos,
  Et viridem Tethyn, Oceanumque patrem,
Ergò Numæ colles, et Nomentana relinquis
  Otia, nec retinet rusque focusque senem.

Qui semble s'approcher de lui.
Rien qu'il voulût oublier aujourd'hui :
 Nul jour n'attriste sa pensée,
 Chaque occasion retracée,
 Lui fait naître un plaisir nouveau.
 Pour l'homme de bien qu'il est beau
 D'ainsi doubler son existence!
 On vit deux fois, toujours heureux,
 Avec la douce jouissance
Des souvenirs d'un printemps vertueux!

V.

A Cœditianus, sur le portrait de M. Antoine.

 Qui nous retrace ce tableau
Que vous ornez toujours de fleurs et de feuillage? —
Il est de Marc-Antoine au midi de son âge,
Et vieillard il s'y voit tel qu'il fut jouvenceau.
Si l'art eût peint ses mœurs, son heureux caractère,
Ce serait le tableau le plus beau de la terre.

VI.

A Quintus Ovidius.

Vous allez voir, Quintus, la côte britannique,
Et les verdâtres flots de la mer Atlantique :
Chargé d'ans, vous quittez Nomentum, ses loisirs,
Vous quittez de Numa les collines charmantes,
Vos paisibles foyers, vos campagnes riantes.
Ainsi vous différez, Ovide, vos plaisirs :

Gaudia tu differs; at non et stamina differt

    Atropos, atque omnis scribitur hora tibi.

Præstiteris charo, quis non hoc laudet? amico,

    Ut potior vitâ sit tibi sancta fides; (1)

Sed reddare tuis tandèm mansure Sabinis,

    Teque tuas numeres inter amicitias.

VII. . . . . XLVII.

Ad Julium Martialem.

Vitam quæ faciunt beatiorem,

Jucundissime Martialis, hæc sunt :

Res non parta labore, sed relicta;

Non ingratus ager; focus perennis;

Lis numquàm; toga rara; mens quieta; (2)

Vires ingenuæ; salubre corpus;

Prudens simplicitas; pares amici;

Convictus facilis; sinè arte mensa;

Nox non ebria, sed soluta curis;

Somnus, qui faciat breves tenebras;

Quod sis esse velis, nihilque malis;

Summum nec metuas diem, nec optes.

---

(1) Secutus est olìm Maximum Cæsonem exulem, non veritus Neronis indignationem.

(2) *Toga rara.* Rarum officium ergà divites; clientes enìm togâ induti patronos sequebantur.

La parque cependant file vos destinées ;

Sans jamais différer, elle écrit vos journées.

Jadis près d'un ami, cela vous fait honneur,

Au péril de vos jours, vous portiez votre cœur; (1)

Mais fixez-vous enfin au pays qui vous aime,

Et parmi vos amis comptez-vous bien vous-même.

VII.

A Julius Martial.

Voici le plus haut point du bonheur en ce monde,

Cher Martial : un bien qu'on tient de ses aïeux,

Et que l'on ne doit point à des travaux nombreux ;

Bon feu, point de procès, une terre féconde ;

Peu de devoirs à rendre, âme en parfait repos ; (2)

Embonpoint naturel, et corps toujours dispos ;

Des égaux pour amis, simplicité prudente ;

Vie aisée en commun, et gêne nulle part ;

Un modeste couvert, bon repas, mais sans art ;

Nuit toujours sans ivresse, et de soucis exempte,

Qui, dans un bon sommeil, paraisse peu durer ;

Vouloir ce que l'on est, n'aimer rien davantage,

Et, quant au dernier jour, faire comme le sage,

Ne le craindre jamais, jamais le désirer.

---

(1) Il suivit autrefois Maximus Cæson dans son exil, sans craindre le courroux de Néron.

(2) Quand les clients suivaient leurs riches patrons, ils étaient obligés d'avoir la toge.

VIII. . . . . XLI.

In Proculeïam,

Mense novo Jani veterem, Proculeia, maritum

Deseris, atque jubes res sibi habere suas.

Quid, rogo, quid factum est? subiti quæ causa doloris?

Nil mihi respondes!... dicam ego : Prætor erat.

Constatura fuit Megalensis purpura centum (1)

Millibus, ut nimiùm munera parca dares;

Et populare sacrum bis millia dena Tulisset: (2)

Dissidium non est hoc, Proculeia, lucrum est.

IX. . . . . LXII.

Ad ludi magistrum.

Ludi magister, parce simplici turbæ :

Sic te frequentes audiant capillati,

Et delicatæ diligat chorus mensæ;

Nec Caleulator, nec Notarius velox (3)

Majore quisquam circulo coronetur.

---

(1) Ludi celebrabantur à Prætoribus in honorem magnæ Matris, in quibus erant purpurâ indùti.

(2) Prætores et Ædiles populo Romano largitiones et munera dabant.

(3) Notarii dicebantur, qui excipiebant verba aliena, quorum meminit Plutarchus in Catone ; horum velocitas maximo erat iu pretio.

VIII.

Contre Hébé.

Au premier jour de l'an vous quittez votre époux,
Vous lui rendez ses biens, et vous faites divorce.
Quel triste changement s'est opéré chez vous ?
A cette extrémité quelle cause vous force ;
Vous ne répondez rien !... Je l'aurai bientôt dit :
Ce n'est pas un divorce, Hébé, c'est un profit.
Votre époux est Préteur : pour les jeux de Cybèle, (1)
Il fallait acheter la pourpre la plus belle ;
Il fallait des festins, des fêtes, des présens : (2)
Vous ne vouliez, Hébé, rien faire à vos dépens.

IX.

A un Maître d'école.

Ménage, ami, cet âge simple et tendre :
Qu'ainsi de toutes parts accourent, pour t'entendre,
　　Nombre d'enfants studieux et soumis ;
Réunis à ta table une troupe d'amis.
　　Qu'un tachygraphe à la plume rapide, (3)
Que le calculateur rigoureux et lucide

---

(1) Les Préteurs célébraient des jeux en l'honneur de Cybèle, ils y étaient revêtus de pourpre.

(2) Les Préteurs et les Ediles faisaient alors de grandes largesses au peuple romain.

(3) Le mot *Notarius* ne désigne pas un *Notaire*, mais un homme qui écrit aussi vîte que la parole, et que nous appelons aujourd'hui un Tachygraphe.

Albæ Leone flammeo calent luces,

Tostamque fervens Julius coquit messem.

Scuticaque loris horridis Scythæ pellis,

Quâ vapulavit Marsyas Celæneus,

Ferulæque tristes, sceptra pædagogorum

Cessent, et Idus dormiant in octobres :

Æstate pueri, si valent, satìs discunt.

X. . . . . LVII.

Epitaphium vetulæ.

Pyrrhæ filia, Nestoris noverca,

Quam vidit Niobe puella canam,

Laërtes aviam senex vocavit,

Nutricem Priamus, socrum Thyestes,

Jam cornicibus omnibus superstes,

Hoc tandèm sita dormit in sepulchro,

Calvo Plotia cum Melanthione.

Soient moins que toi courus et fréquentés.

Aujourd'hui le Lion, à flots précipités,

Versant ses feux sur la terre brûlante,

Accable dans les champs la moisson jaunissante.

Laisse dormir cet horrible instrument,

Du pauvre Marsyas exécrable tourment :

Jusqu'en octobre, ô maître vénérable !

Laisse, laisse dormir ton sceptre redoutable.

Ces chers enfants auront appris assez,

Si ces jours en santé peuvent être passés.

X.

Épitaphe d'une vieille.

Ci-gît la vieille Plotia.

Elle était fille de Pyrrha ;

Le vieux Nestor l'eut pour marâtre ;

Elle avait la tête d'albâtre,

Que Niobé n'était qu'en son printemps ;

Thyeste l'appelait sa tante,

Priam sa bonne gouvernante,

Laërte sa grand'mère. Elle fut si long-temps,

Qu'elle survécut aux corneilles

Les plus sinistres, les plus vieilles :

Enfin, dans la tombe elle dort,

Près du chauve Mélanthidort.

XI. . . . . XCVII.

De Numâ.

Dùm levis arsurâ struitur libitina papyro, (1)
   Dùm Myrrham, et Casiam flebilis uxor emit :
Jam scrobe, jam lecto, jam Pollinctore parato,
   Hæredem scripsit me Numa : convaluit.

XII. . . . . C.

In plagiarium.

Quid, stulte, nostris versibus tuos misces ?

Cùm litigante quid tibi miser libro ?

Quid congregare cùm leonibus vulpes,

Aquilisque similes facere Noctuas quæris ?...

Habeas licebit alterum pedem Ladæ, (2)

Inepte, frustrà crure ligneo currés.

---

(1) Papyrus adhibebatur rogo mortuorum, ut faciliùs arderet; odores item spargebantur, Ægyptiorum more.

(2) *Lada* : Alexandri cursor, qui pendentibus vestigiis vix arenam signabat.

XI.

Sur Numa.

DÉJÀ l'épouse en pleurs avait tout équipé,
Papier pour le bûcher, (1) myrrhe, parfums, suaire,
Le fossoyeur, la fosse et le lit funéraire :
Il m'a fait héritier... Il en a réchappé.

XII.

Contre un plagiaire.

MÊLER, quelle démence !
Tes vers avec les miens !
D'un livre, qui dira qu'ils ne sont pas les siens,
Malheureux ! qu'attends-tu? Quelle est ton espérance?
Chercher à rassembler
Les lions, les renards ; vouloir assimiler
Le chant-huant à l'aigle !... Eh ! de quelle ressource
Te serait à la course
Jambe de ce Lada si fameux autrefois, (2)
Si l'autre était de bois.

---

(1) On entourait de papier le bûcher des morts, pour qu'il brûlât plus facilement; on y répandait aussi des parfums, selon la coutume des Egyptiens.

(1) *Lada*: Fameux coureur d'Alexandre; il laissait à peine sur le sable l'empreinte de ses pieds.

SCELECTA M. V. MARTIALIS EPIGRAMMATA.

✳✳✳✳✳✳

EX LIBRO UNDECIMO.

I. . . . . VI.

In laudem Nervæ Trajani. (1)

Tanta tibi est recti reverentia, Cæsar, et æqui,

    Quanta Numæ fuerat ; sed Numa pauper erat :

Ardua res hæc est, opibus non tradere mores,

    Et cùm tot Crœsos viceris, esse Numam.

---

(1) J'ai suivi l'édition de Barbou, qui trouve deux sujets, où d'autres n'en trouvent qu'un : ils me semblent assez distincts.

II. . . . . VI.

Laus ejusdem Trajani.

Si redeant veteres, ingentia nomina, patres,

    Elysium liceat si vacuare nemus :

Te volet invictus pro libertate Camillus ;

    Aurum Fabricius te tribuente volet ;

Te duce gaudebit Brutus ; tibi Sylla cruentus

    Imperium tradet, cùm positurus erit ;

ÉPIGRAMMES CHOISIES
DE MARTIAL.

✳✳✳✳✳✳

DU LIVRE ONZIÈME.

I.

Éloge de Nerva Trajan.

Comme Numa, César, vous aimez l'équité.
Chose aisée à ce prince avec sa pauvreté,
Devenait difficile au chef d'un grand empire.
Au sein de l'opulence, au faîte des grandeurs,
On a bien de la peine à conserver ses mœurs ;
Mais c'est toujours Numa qu'en César on admire,
Quoiqu'un heureux destin vous ait mis au-dessus
De tout ce que le monde eut jamais de Crésus.

II.

Éloge du même,

Si les dieux nous rendaient ces illustres romains,
Qu'avec orgueil jadis a contemplés le Tibre,
Camille auprès de vous jouirait d'être libre ;
Fabricius prendrait l'or offert par vos mains,
Et, pour vous abdiquant la puissance suprême,
Sylla viendrait sur vous la déposer lui-même.

Et te privato cum Cæsare Magnus amabit;

Donabit totas et tibi Crassus opes;

Ipse quoquè infernis revocàtus Ditis ab umbris,

Si Cato reddatur, Cæsarianus erit.

III. . . . . LXVII.
In Vacerram.

Et delator es, et calumniator,

Et fraudator es, et negociator,

Et prædator es, et lanista : miror

Quòd non habeas nummos, Vacerra!

IV. . . . . LXIX.
Ad Mathonem.

Parva rogas magnos ; sed non dant hæc quoquè magni :

Ut pudeat leviùs te, Matho, magna roga.

V. . . . . LXXVII.
Ad Pœtum.

Solvere, Pœte, decem tibi me sestertia cogis, (1)

Perdiderit quoniàm Bucco ducenta tibi :

Ne noceant, oro, mihi non mea crimina; tu qui

Bis centena potes perdere, perde decem.

___

(1) *Sestertius* duos asses Romanos cùm semisse continebat, asses duos sivè solidos Gallicos. *Sestertium* 2000 sestertios continebat, quos minores vocabant, libras Gallicas valebat ducenas.

Crassus à ses trésors pour vous renoncerait ;
Vous seriez adoré de Brutus, de Pompée :
Si Caton même enfin sortait de l'Élysée,
D'être tout pour César il se glorifierait.

III.

Contre Vacerra.

Il est un délateur,
Un calomniateur,
Un voleur, un homme à tout faire :
Je suis bien étonné qu'il soit dans la misère !

IV.

A Mathon.

Près des grands tu ne fais que modeste demande ;
Ils ne veulent pourtant jamais rien t'accorder.
Là honte est sur ton front ; pour qu'elle soit moins grande,
C'est beaucoup, cher Mathon, qu'il faut leur demander.

V.

A Pœtus.

Tu veux, Pœtus, que je te rende
Dix sesterces que je te dois, (1)
Quand Buccon t'a perdu cette somme vingt fois ;
Mais, je te le demande,
Me punir d'un délit que je n'ai pas commis !...
Pouvant perdre deux cents, tu peux bien perdre dix.

(1) Le grand sesterce (*sestertium*) valait deux cents livres tournois ;
le petit sersterce (*sestertius*) valait deux sous.

VI. . . . . XCIII.

In Zoïlum.

Mentitur, qui te vitiosum, Zoïle, dixit:
Non vitiosus homo es, Zoïle, sed Vitium.

VII. . . . . LXXXVII.

In Parthenopœum.

Leniat ut fauces Medicus, quas aspera vexat

Assiduè tussis, Parthenopæe, tibi;

Mella dari, nucleosque jubet, dulcesque placentas,

Et quidquid pueros non sinit esse truces.

At tu non cessas totis tussire diebus!

Non est hæc tussis, Parthenopæe : gula est.

VIII. . . . . CVIII.

A Septicianum.

Explicitum nobis usque ad sua cornua librum, (1)
Et quasi perfectum, Septiciane, refers.
Omnia legisti : credo, scio, gaudeo, verum est;
Perlegi libros sic ego quinque tuos.

---

(1) Deridet Septicianum, qui legendum Martialis librum suscepe-
rat, non studio quidem legendi, sed ut quoquè sui à Martiale lege-
rentur. Cornua : usque ad umbilicos, qui quidem ex cornu fiebant.

VI.

Contre Zoïle.

Toi vicieux, Zoïle! ô quel mensonge extrême!
Tu n'es pas vicieux, mais bien le Vice même.

VII.

Contre Parthénopée.

Une toux violente
Nuit et jour te tourmente;
Un savant médecin
Vient t'ordonner soudain
Le miel, le lait d'amandes,
Tartelettes friandes;
Ce qu'on donne aux enfants,
Quand ils font les méchants.
Est-il rien de plus triste?
Ton mal cruel résiste
A remèdes si doux !
Faut-il que je le dise?
Ce n'est pas de la toux :
C'est de la gourmandise.

VIII.

A Septicianus.

Vous venez, mon ami, me remettre mes vers :
Vous les avez tous lus, jusqu'au dernier revers,
Tous; c'est vrai, je le crois, et ma joie est extrême!...
J'ai bien lu les vôtres de même.

SCELECTA M. V. MARTIALIS EPIGRAMMATA.

✳✳✳✳✳✳

EX LIBRO DUODECIMO.

I. . . . . . IV.

Ad Priscum Terentium.

Quod Flacco, Varioque fuit, summoque Maroni
    Mæcenas atavis regibus ortus eques;
Gentibus et populis hoc te mihi, Prisce Terenti,
    Fama fuisse loquax, chartaque dicet anus.
Tu facis ingenium, tu, si quid posse videmur,
    Tu das ingenuæ munera pigritiæ.

II. . . . . VI.

In laudem Nervæ Trajani.

Contigit Ausoniæ procerum mitissimus aulæ
    Nerva; licet toto nunc Helicone frui.
Recta Fides, hilaris Clementia, cauta Potestas
    Jam redeunt : longi terga dedere Metus.

ÉPIGRAMMES CHOISIES
DE MARTIAL.

※※※※※※

DU LIVRE DOUZIÈME.

I.

A Priscus Térentius.

CE que Mécène, issu du sang des Rois,
Fut pour Virgile, et le sublime Horace,
Térentius, la déesse aux cent voix
Dans l'univers dira de race en race
Qu'également pour moi tu l'as été.
Je te dois tout, ma noble oisiveté,
Mon feu, mon âme et ce que mon génie
Parait avoir de force et d'énergie.

II.

Éloge de Nerva Trajan.

A l'empire Romain
Les Dieux ont accordé le meilleur Souverain :
    Dans les flots du Permesse
Nous pouvons aujourd'hui boire jusqu'à l'ivresse.
    Trop long-temps sur vos cœurs,
Peuples, avaient pesé de funestes Terreurs ;

Hoc populi, gentesque tuæ, pia Roma, precantur,

 Dux tibi sit semper talis, et iste diù.

Macte animi, quem rarus habet, morumque tuorum, (1)

 Quos Numa, quos hilaris posset habere Cato.

Largiri, præstare, breves extendere census,

 Et dare quæ faciles vix tribuêre Dei,

Nùnc licet, et fas est; sed tu sub Principe duro, (2)

 Temporibusque malis, ausus es esse bonus!

III. . . . . . X.C.
Ad Tongilianum.

Tongilianus habet nasum; scio, non nego: sed jam

 Nil præter nasum Tongilianus habet. (3)

---

(1) Laus Nervæ, quem optimum fore vaticinatur Principem, cùm ei data sit potestas benefaciendi, quâ olìm quamvìs careret, tamèn multis prodesse non dubitabat, etiàm sub Nerone crudeli principe.

(2) *Nerone,* in cujus aulâ versabaris.

(3) Censor erat acerrimus, itèmque pauperrimus.

Elles ont pris la fuite.

L'Équité sur le trône a conduit à sa suite

La plus douce bonté,

Et la sagesse unie avec la majesté.

Pour de semblables Princes,

Rome, tes citoyens, ainsi que tes provinces

Sans cesse font des vœux;

Mais que Nerva surtout vive long-temps pour eux!

Monarque magnanime, (1)

Puisse croître toujours l'esprit qui vous anime!

Conservez bien ces mœurs,

Dont Numa, dont Caton, sans rien perdre des leurs,

Pourraient se faire gloire.

Dans ces temps fortunés, d'éternelle mémoire,

La Libéralité

Peut faire des heureux en pleine liberté,

Et donner ce qu'à peine

Pourraient donner des Dieux la bonté souveraine;

Vous osâtes pourtant

Vous montrer toujours bon, sous un prince méchant! (2)

III.

Contre Tongilianus.

Il a, bien sûr, un nez ce Tongilianus;

Je n'en disconviens pas: mais il n'a rien de plus. (3)

---

(1) Éloge de Nerva. Il ne peut être, dit-il, qu'un Prince excellent, aujourd'hui qu'il a le pouvoir de faire le bien, lui, qui ne l'ayant pas, fut si bienfaisant, même sous les yeux de l'infâme Néron.

(2) A la cour du cruel Néron.

(3) C'était un Censeur très-sévère, et en même-temps très-pauvre.

IV. . . . . X.

De Africano.

HABET Africanus millies, et tamen captat;
Fortuna multis dat nimis, satis nulli.

V. . . . . XVII.

In Lentinum.

QUARÈ tàm multis à te, Lentine, diebus

Non abeat febris, quæris, et usquè gemis,

Gestatur tecum sellâ, pariterque lavatur;

Cœnat boletos, ostrea, sumen, aprum,

Ebria Setino fit sæpè, et sæpè Falerno,

Nec nisi post niveam Cæcuba potat aquam.

Circùmfusa rosis, et nigra recumbit Amomo,

Dormit et in plumâ, purpureaque toro.

Cùm sit tàm pulchrè, cùm tàm benè vivat apùd te,

Ad Damam potiùs vis tua febris eat? (1)

---

(1) Damas erat sordidus et pauperrimus.

IV.

Sur Africanus.

MILLE fois plus que riche, il désire toujours :
Sans voir ce qu'elle donne,
La fortune en son cours
Donne trop à plusieurs, mais assez à personne.

V.

Contre Lentinus.

LENTINUS, tu gémis toujours :
Tu demandes pourquoi, depuis tant! tant de jours! ⸱
De toi la fièvre ne s'éloigne ?
Tu sais comment chez toi, Lentinus, on la soigne.
Inséparables compagnons ,
Vous avez mêmes bains, tous deux même litière ;
Elle a sa part de bonne chère,
D'huîtres, de sanglier, d'excellents champignons : (1)
Elle est de Falerne ónivrée ;
Elle boit le Sezza ; du Cécube divin,
De l'eau de neige retirée,
La bouteille pour elle aime à verser son vin.
Sur sa table l'Amôme fume ;
Couverte par la pourpre, elle dort sur la plume ;
Roses partout sont sous ses pas.
Chez toi, cher Lentinus, elle a si bonne vie!
Voudrais-tu qu'il lui prît envie
De s'en aller plutôt chez le pauvre Damas ?

(1) Les champignons étaient alors un mets très-recherché.

VI. . . . . XXV.

In Thelesinum.

Cùm rogo te nummos sine pignore, non habeo, inquis;

    Idem, si pro me spondet agellus, habes.

Quod mihi non credis veteri, Thelesine, sodali,

    Credis colliculis, arboribusque meis.

Ecce reum Carus te detulit; adsit agellus:

    Exilii comitem quæris? agellus eat.

VII. . . . . XXVII.

In Cinnam.

Poto ego sextantes, tu potas, Cinna, deunces; (1)

    Et quereris quòd non, Cinna, bibamus idem!

(1) *Sextantes*, duos cyathos. *Deunces*, undecim cyathos.

VIII. . . . XXXIV.

Ad Julium Martialem.

Triginta mihi, quatuorque messes
Tecum, si memini, fuêre, Juli,
Quarum dulcia mixta sunt amaris;
Sed jucunda tamèn fuêre plura:

VI.

Contre Thélésinus.

VIENS-JE vous emprunter, sans vous offrir un gage ?
Ah ! je n'ai rien, dites-vous aussitôt ;
Mais si mon petit champ pour son maître s'engage ,
Vous me trouvez soudain ce qu'il me faut :
Suspectant donc l'ami de votre premier âge ,
Vous préférez mes coteaux et mes bois !...
On vous cite en justice !... Implorez ma campagne.
Carus vous presse , et vous met aux abois !
D'un compagnon d'exil pensez-vous faire choix ?
Thélésinus , qu'elle vous accompagne.

VII.

Contre Cinna.

IL boit à son repas
Onze verres, moi deux : l'impertinent ! il ose
Se plaindre encor partout que nous ne buvons pas
Tous deux la même chose !

VIII.

A Julius Martial.

Nous avons, ce me semble ,
Passé, cher Martial, trente-quatre ans ensemble :
La Fortune, en son cours ,
Parfois versa plaisirs et peines sur nos jours ;

Et si calculus omnis hùc et illùc
Diversus, bicolorque digeratur,
Vincet candida turba nigriorem.
Si vitare velis acerba quædam,
Et tristes animi cavere morsus,
Nulli te facias nimìs sodalem :
Gaudebis minùs, et minùs dolebis.

IX. . . . . XLV.

Ad Phœbum.

HÆDINA tibi pelle contegenti
Nuda tempora, verticemque calvæ, (1)
Festivè tibi, Phæbe, dixit ille
Qui dixit caput esse calceatum.

X. . . . . LI.

Ad Aulum de Fabullo.

TAM sæpè nostrum decipi Fabullum, quid
Miraris, Aule? semper bonus homo tiro est.

---

(1) Calvæ frontis.

Mais la masse du bon l'emporte,

Et calcul fait des biens, des maux de toute sorte,

Nos jours sereins sont plus nombreux,

Ami, convenons-en, que nos jours nébuleux.

Adoptez un parti bien sage,

Si vous voulez encore éviter quelqu'orage :

N'aimez nulle part de trop près ;

Moins de plaisirs sans doute, aussi moins de regrets.

IX.

A Phœbus.

Sous la peau

D'un chevreau

Tu caches de ta tête

La triste nudité.

Charmante, en vérité,

Remarque qu'on a faite !

Tu t'es chaussé la tête.

X.

A Aulus sur Fabullus.

Dans les lacets tendus par l'artifice,

Tu vois avec étonnement

Notre ami tomber si souvent !

Un homme bon sera toujours novice.

XI. . . . . LIII.

In Paternum.

NUMMI cùm tibi sint, opesque tantæ,
Quantas civis habet, Paterne, rarus ;
Largiris nihil, incubasque gazæ,
Ut magnus Draco, quem canunt poëtæ
Custodem Scythici fuisse luci :
Sed causa, ut memoras, et ipse jactas,
Diræ filius es *Rapacitatis.*
Et quid tu fatuos, rudesque quæris,
Illudas quibus, auferasque mentem ?
Huic semper vitio pater fuisti.

XII. . . . . LIV.

In Zoïlum.

CRINE ruber, niger ore, brevis pede, lumine læsus ;
Rem magnam præstas, Zoïle, si bonus es.

XIII. . . . . LXXXII.

De Callistrato.

NE laudet dignos, laudat Callistratus omnes :
Cui malus est nemo, quis bonus esse potest ?

XI.

Contre Paternus.

Vous avez, Paternus, et des biens et de l'or,
  Autant que l'homme le plus riche ;
Mais vous ne donnez rien. Vieil avare! vieux chiche!
  Vous le couvez votre trésor,
Comme ce grand Dragon, qui, disent les poètes,
  Gardait la fameuse Toison.
  Tout fier d'une belle raison,
  Partout vous dites que vous êtes
  Le fils de la *Rapacité :*
Cherchez dupes ailleurs, si vous pouvez en faire ;
  D'un pareil monstre, en vérité,
Vous avez, Paternus, toujours été le père.

XII.

Contre Zoïle.

Cheveux rouges, visage noir,
  Un œil privé de la lumière,
Pied court... s'il est d'un heureux caractère,
Vraiment Zoïle est un miracle à voir.

XIII.

Sur Callistrate.

Pour ne louer jamais
  Quelqu'un qui le mérite,
En louant tout le monde il se croit plutôt quitte ;
Mais qui peut être bon pour qui nul n'est mauvais ?

XIV. . . . . . XCVI.

In Tuccam.

SCRIBEBAMUS epos; cœpisti scribere : cessi,

Æmula ne starent carmina nostra tuis.

Transtulit ad tragicos se nostra Thalia cothurnos,

Aptasti longum tu quoque syrma tibi. (1)

Fila lyræ movi doctis exculta Camenis;

Plectra rapis nobis ambitione novâ.

Audemus satyras; Lucilius esse laboras.

Ludo leves elegos; tu quoquè ludis idem,

Quid minus esse potest? epigrammata fingere cœpi;

Hinc etiàm petitur jam mea fama tibi.

Elige quid nolis : quis enìm pudor omnia velle?

Et si quid non vis, Tucca, relinque mihi.

(1) **Tu tragœdiam scribere cœpisti. Ità locus Juvenalis :** *Syrma vel Antigones*, id est, tragœdiam Antigones, quam scripsit Accius poëta.

XV. . . . . . CI.

In effrontem.

Os atavi, patris nasum, duo lumina patris,

Et matris gestus dicis habere tuæ :

Cum referas priscos, nullamque in corpore partem

Mentiris; frontem, dic mihi, cujus habes?

XIV.

Contre Tucca.

J'AVAIS sur le métier mis un poème épique ;
Vous en commencez un : bientôt j'ai tout quitté,
Redoutant les dangers de la rivalité.
Ma Muse veut chausser le cothurne tragique ;
Vous le prenez bien vite. Erato sous ma main
Des plus savants accords fait raisonner sa lyre ;
Jaloux de mon archet, vous l'arrachez soudain.
Sans cesse poursuivi, je cours vers la satire ;
Nouveau Lucilius, vous faites même effort.
Je cherche à m'amuser de la faible élégie ;
J'éprouve dans ce cas encor le même sort.
Qu'est-il de plus petit qui ne vous fasse envie ?
L'épigramme ? C'est bon... je me croyais au port ;
Par là vous attaquez bientôt ma renommée.
Est-il quelque pudeur de vouloir tout pour soi ?...
Mais enfin, choisissez une espèce nommée ;
Ce qui vous déplaira, Tucca, laissez-le moi !

XV.

Contre un effronté.

J'AI la bouche de mon aïeul,
Le nez, les deux yeux de mon père,
J'ai tous les gestes de ma mère. —
Si tu réunis en toi seul
Les traits de toute la famille,
Si chaque part de ton corps brille
De la beauté qu'eûrent les tiens :
Le front, dis-moi d'où tu le tiens.

18

XVI. . . . . CII.

Ad Mattum.

Qui negat esse domi se, tunc cùm limina pulsas,
Quid dicit nescis!... dormio, Matte, tibi.

XVII. . . . . VII.

De Ligeïâ.

Toto vertice quot gerit capillos,
Annos si tot habet Ligeïa, trima est.

XVIII. . . . . XIX.

De Æmilio.

In thermis sumit lactucas, ova, lacertum;
Et cœnare forìs se negat Æmilius !

XIX. . . . . XLVI.

Ad Classicum.

Vendunt carmina Gallus et Lupercus :
Sanos, Classice, nunc nega pœtas.

XVI.

A Mattus.

Tu frappes à la porte, on te répond : Titus
En ce moment n'est point visible.
Tu ne sais ce qu'il dit !... C'est pourtant bien sensible !
Il dit : je dors pour toi, Mattus.

XVII.

Sur Ligéïa.

Si, par les cheveux de sa tête,
Ligéïa compte ses ans ;
D'après remarque par moi faite,
Elle n'a vu que trois printemps.

XVIII.

Sur Émile.

Émile prend au bain salade, œufs et poisson,
Et ne mange, dit-il, jamais qu'à la maison !

XIX.

A Classicus.

Ami, Gallus et Lupercus
Vendant beaucoup de vers gagnent beaucoup d'écus :
Conviens-en maintenant, Classicus, les poètes
Ne sont pas tout à fait si bêtes.

ECSELECTA M. V. MARTIALIS EPIGRAMMATA.

✳✳✳✳✳✳

EX LIBRO TERTIO DECIMO,
Cui titulus XENIA.

N.-B. *Saturnalia, festa decembri mense Romæ celebrabantur per dies septem : his autem diebus duo munerum genera mittebantur ab amicis ad amicos : Xenia primùm ; hi deindè quibus data erant, mittebant Apophoreta.*

I. . . . . IV.
Thus.

Serus ut ætheriæ Germanicus imperet aulæ, (1)
Utque diù terris, da pia thura Jovi.

(1) Trajanum potes intelligere, qui Germaniam vicit.

II. . . . . XXV.
Nuces pineæ.

Poma sumus Cybeles : procùl hinc discede, Viator ;
Ne cadat in miserum nostra ruina caput.

III. . . . . LV.
Petaso.

Musteus est ; propera, charos ne differ amicos :
Nàm mihi cùm vetulo sit Petasone nihil.

ÉPIGRAMMES CHOISIES
DE MARTIAL.

※※※※※

DU LIVRE TREIZIÈME,
Intitulé : LES ÉTRENNES. *(Xenia.)*

N.-B. Les fêtes de Saturne se célébraient à Rome pendant sept jours. Les amis se faisaient alors mutuellement des cadeaux. Venaient d'abord les étrennes (Xenia); ceux qui les avaient reçues, envoyaient ensuite leurs retours (Apophoreta.)

I.

L'Encens.

DANS une piété profonde ,
Offrez ce pur encens au souverain des Dieux.
Puisse un prince adoré, pour le bonheur du monde,
N'être pas de long-temps réclamé par les cic .

II.

Les Pommes de pin.

PASSANT , éloigne-toi des pommes de Cybèle ;
Notre chute pourrait te devenir cruelle.

III.

Le Jambon.

APPELEZ vos amis ; il est frais, il est bon :
Ne me faites jamais manger d'un vieux jambon.

IV. . . . . LIX.

Glis.

TOTA mihi dormitur hyems, et pinguior illo
Tempore sum, quo me nil nisi somnus alit.

V. . . . . LX.

Cuniculus.

GAUDET in effossis habitare Cuniculus antris;
Monstravit tacitas hostibus ille vias.

VI . . . . . LXVI.

Columbini.

NE violes teneras perjuro dente Columbas,
Tradita si Cnidiæ sunt tibi sacra Deæ.

VII. . . . . LXXI.

Phœnicopterus.

DAT mihi penna rubens nomen, sed lingua gulosis
Nostra sapit: quid si garrula lingua foret?

IV.

Le Loir.

Je dors tout le temps des frimats,
Et je ne suis jamais plus gras,
Qu'en la saison, où la nature
Me donne le sommeil pour toute nourriture.

V.

Le Lapin.

Le Lapin, se plaisant dans ses antres divers,
Apprit aux ennemis l'art des chemins couverts.

VI.

Les Pigeonneaux.

Vous a-t-on confié les mystères de Cnide,
Fidèles à votre serment,
Respectez, épargnez la Colombe timide,
Gardez-vous d'y porter la dent.

VII.

Le Flambant.

Je dois mon nom au feu brillant
Dont le soleil dore mon aile ;
Ma langue est un morceau friand :
Mais si je gazouillais, dites, que serait-elle ?

VIII. . . . . LXXVI.

Rusticula

Rustica sim, an Perdix, quid refert, si sapor idem est?
Carior est Perdix, sic sapit illa magis.

IX. . . . . LXXXVII.

Murices.

Sanguine de nostro tinctas, ingrate, lacernas
Induis, et non est hoc satis; esca sumus.

X. . . . . LXXXVIII.

Gobius.

In Venetis sint lauta licet convivia terris,
Principium cœnæ Gobius esse solet.

XI. . . . . XCIV.

Damæ.

Dente timetur Aper, defendunt cornua Taurum;
Imbelles Damæ! quid nisi præda sumus?

VIII.

La Bécasse.

Qu'importe que je sois ou Bécasse, ou Perdrix,
Si c'est même saveur ; la Perdrix est plus chère,
C'est aussi pour le prix
Que chacun la préfère.

IX.

Les Pourpres.

De notre sang vos habits teints, ingrats,
Forment pour vous la plus belle parure.
Ce sang, pourquoi ne vous suffit-il pas ?
Il nous faut être encor votre pâture !

X.

Le Goujon.

Qu'a Venise un repas soit magnifique, ou non,
On commence toujours par servir le Goujon.

XI.

Les Daims.

On craint la dent du Sanglier,
Les cornes du Taureau lui servent de défense :
Faibles Daims ! nous n'avons rien que notre innocence !
Pourquoi ne sommes-nous qu'un malheureux gibier ?

XII. . . . . CXXVI.

Unguentum.

UNGUENTUM hæredi numquam, nec vina relinquas;
Ille habeat nummos, hæc tibi tota dato.

XIII. . . . . C.

Caprea.

PENDENTEM summâ Capream de rupe videbis,
Casuram speres : decipit illa canes.

XIV. . . . . LIII.

Turtur.

DUM mihi Turtur erit pinguis, Lactuca, valebis;
Et cochleas tibi habe : perdere nolo famem. (1)

XV. . . . . LXXVII.

Cycnus.

DULCIA defectâ modulatur carmina linguâ
Cantator Cycnus funeris ipse sui. (2)

---

(1) Turtures tanti facit poëta, ut nihil ante gustandum erit, cùm ponetur turtur.
(2) Hâc causâ dicatus est Apollini, quia prædicit sua fata cantu.

XII.

L'Essence.

JAMAIS à l'héritier ne laissez ni l'essence,
Ni le jus de Bacchus :
Laissez-lui les écus,
Et donnez tout le reste à votre jouissance.

XIII.

La Chèvre sauvage.

On la voit pendre au haut
D'une roche escarpée :
On croit la voir tomber ; mais la meute trompée
Est bientôt en défaut.

XIV.

La Tourterelle.

Tant que j'aurai Tourterelle dodue ; (1)
Adieu les huîtres, la laitue,
Ce qu'on peut offrir de plus fin :
Je ne veux pas perdre la faim.

XV.

Le Cygne.

D'UNE voix défaillante,
Touchant au terme de son sort,
Le Cygne mélodieux chante
L'approche de sa mort.

---

(1) C'était le mets qu'il préférait.

SCELECTA M. V. MARTIALIS EPIGRAMMATA.

✳✳✳✳✳✳

EX LIBRO DECIMO QUARTO,
Cui titulus : APOPHORETA.

I. . . . . LXXVII.

Cavea eborea.

Sɪ tibi talis erit, qualem dilecta Catullo
Lesbia plorabat, hìc habitare potest.

II. . . . . LXXXV.

Lectus pavoninus.

Nᴏᴍɪɴᴀ dat spondæ pictis pulcherrima pennis
Nùnc Junonis avis; sed priùs Argus erat!

III. . . . . CXI.

Crystallina.

Fʀᴀɴɢᴇʀᴇ dùm metuis, frangis crystallina; peccant
Securæ nimiùm, sollicitæque manus.

ÉPIGRAMMES CHOISIES
DE MARTIAL.

******

DU LIVRE QUATORZIÈME,
Intitulé : LES RETOURS (*Apophoreta.*)

I.

La cage d'ivoire.

AVEZ-VOUS un moineau tel qu'on a vu celui
Que pleurait la belle Lesbie,
De Catulle amante chérie?
Mon ami, cette cage est bien faite pour lui.

II.

Le lit couleur de paon.

AMI, cette couche charmante
T'offre la parure brillante
De l'oiseau chéri de Junon ;
Mais Argus fut son premier nom.

III.

Les vases de cristal.

A-T-ON peur de casser des vases de cristal,
On les casse ; en ce cas, on fait autant de mal
Par trop de méfiance,
Que par trop d'assurance.

IV. . . . . . CXLII.
Focale.

Sɪ recitaturus dedero tibi fortè libellum,
　Hoc Focale tuas asserat auriculas.

V. . . . . . CXLVI.
Cervical.

Tɪɴɢᴇ caput cosmi folio, cervical olebit;
　Perdidit unguentum cùm coma, pluma tenet.

VI. . . . . CLIII.
Semi-cinctium.

Dᴇᴛ tunicam dives, ego te præcingere possum;
　Essem si locuples, munus utrumque darem.

VII. . . . . CLXV.
Cithara.

Rᴇᴅᴅɪᴅɪᴛ Euridicen Vati; sed perdidit ipse
　Dùm sibi non credit, nec patienter amat.

IV.

Le capuchon.

Si devant vous j'ai quelquefois
A lire un livre à haute voix;
Avec ce capuchon couvrez-vous bien l'oreille :
Il la garantira, je vous jure, à merveille.

V.

L'oreiller.

N'épargnez pas les parfums sur la tête,
L'oreiller s'en embaumera ;
Et si bientôt la frisure est défaite,
La plume au moins les gardera.

VI.

La demi-ceinture.

Qu'un Crésus magnifique
Te donne une tunique ;
Une demi-ceinture est tout ce que je peux :
Si j'étais riche, ami, je t'enverrais les deux.

VII.

La harpe.

A son époux elle rendit
La charmante Euridice ; hélas ! il la perdit
Par sa funeste impatience :
Malheureux ! en lui-même il n'eut pas confiance.

VIII. . . . CLXXVII.

Hercules Corinthius.

Elidit geminos infans, nec respicit, angues :
Jam poterat teneras Hydra timere manus.

IX. . . . CLXXIX.

Minerva argentea.

Dic mihi, Virgo ferox, cùm sit tibi cassis et hasta,
Quare non habeas ægida ? — Cæsar habet.

X. . . . CLXXXIII.

Homeri batrachomiomachia.

Perlege Mæonio cantatas carmine ranas,
Et frontem nugis solvere disce meis.

XI. . . . CXCIV.

Lucanus.

Sunt quidam, qui me dicunt non esse poëtam;
Sed, qui me vendit, Bibliopola putat.

SELECTORUM EPIGRAMMATON FINIS.

VIII.

L'Hercule Corinthien.

Vous le voyez, dans ses jeux enfantins,
Sans détourner les yeux écraser deux couleuvres :
Il préludait alors à tant de grandes œuvres ;
L'Hydre pouvait déjà craindre ses faibles mains.

IX.

Une Minerve en argent.

Vous avez une lance, un casque, un cimeterre ;
Déesse de la guerre,
Votre égide pourquoi ne la portez-vous pas ? —
César l'a sur son bras.

X.

La batracomiomachie d'Homère.

Des grenouilles du grand Homère
Lis bien les combats curieux ;
Apprends de même avec mes jeux
A dérider ton front sévère.

XI.

Lucain.

Pour de certaines gens je ne suis pas poète,
Mais bien pour le Libraire à qui chacun m'achète.

FIN DES ÉPIGRAMMES CHOISIES DE MARTIAL.

Je cède aux vœux de mes Élèves, en joignant ici les deux pièces suivantes.

LE RETOUR DE LOUIS XVIII

EN FRANCE.

Chant dédié à mes Élèves.

Air : *De la romance d'Agnès Sorel.*

Enfin plus de maux, plus d'alarmes !...
Guidé par l'amour et l'honneur,
LOUIS vient essuyer vos larmes,
Français renaissez au bonheur !....
Voyez se rouvrir la carrière
Qu'illustrèrent vos bons aïeux ;
Ralliez-vous sous la bannière
D'un Monarque chéri des Cieux.

Belle jeunesse que la France
A vu naître dans sa douleur,
S'il t'a fallu dès ton enfance
Boire à la coupe du malheur,

Jouis de tes destins prospères,
Elle est brisée et pour jamais!...
Souriant au meilleur des pères,
Connais LOUIS par ses bienfaits.

Tu fus de sa sollicitude
L'objet toujours le plus pressant;
Qu'il vit avec inquiétude
Ta fleur moissonnée en naissant!
Ah! désormais vis pour sa gloire,
Le ciel le conserva pour toi :
Bénis constamment la mémoire
De l'instant qui te rend ton Roi.

Au sein même de ta patrie
Le fils de Henri vit le jour :
Il revoit sa terre chérie!...
Chantons, chantons ivres d'amour :
« Croissez sous le règne du *juste*,
« Croissez, croissez, *antiques Lis*!
« *Vive* à jamais ce *Prince auguste*!
« *Vive* à jamais, *vive* LOUIS! »

9 mai 1814.

VERS

CHANTÉS A UN FEU D'ARTIFICE,
*Qui, lors de la publication de la Paix, a eu lieu
au jardin de Mr. Brisset, oncle de l'Auteur.*

Premier Chant.

Vous qu'un mortel ingénieux (1)
Ravit à la céleste sphère,
Partez en groupes radieux,
Volez au sein de votre mère.
Feux puissants, de l'obscure nuit
Déchirez les voiles funèbres,
Et que l'oiseau même séduit
Chante la fuite des ténèbres.
Rompez avec éclat votre étroite prison,
Allez, rapides feux, embraser l'horizon.

Dans vos orbes étincelants
Ranimez la nature entière,
Vifs soleils! dans les airs brûlants
Versez des torrents de lumière.
Par votre port majestueux
Distinguez-vous, *brillantes gerbes!*
Partez, d'un vol impétueux
Élancez-vous *globes superbes!*

---

(1) Prométhée.

Rompez avec éclat votre étroite prison,
Allez, rapides feux, embraser l'horizon.

De mille tubes enflammés
Sortez *étoiles innombrables!*
Et pour nos Princes bien aimés,
Ouvrez-vous *bouquets admirables!*
Tracez à la voûte des Cieux,
Tracez l'*immortelle couronne*
Du grand Roi, qui, jusqu'en ces lieux,
Répand l'éclat qui l'environne.
Rompez, rompez enfin votre étroite prison,
Allez, rapides feux, embraser l'horizon.

Second Chant.

Dragon fougueux, traverse l'atmosphère :
Nous célébrons en ces heureux moments
'La Paix, le bonheur de la terre!*
Va seconder nos sentiments;
Embrase tout par ta puissance:
Pour éclater de toute part,
Des millions de feux attendent en silence
L'instant de *l'onodorat.* (1)

10 juin 1814.

---

(1) La musique est de M. Crémont, artiste distingué,
élève du célèbre Viotty.

Anecdote.

~~~~~~~~~~~

QUELQU'UN demandait à d'*Ablancourt*, dont on qualifiait les traductions du titre de *belles infidèles*, pourquoi, écrivant si bien, il aimait mieux être Traducteur qu'Auteur lui-même. « Le monde, dit-il, est plein de livres de politique; la plu- « part des ouvrages modernes ne sont que des redites des « anciens, et pour bien servir sa patrie, il vaut mieux tra- « duire de bons livres que d'en faire de nouveaux, qui le « plus souvent ne disent rien de *nouveau*. » Cette réponse faite, il y a plus d'un siècle, conviendrait encore mieux aujourd'hui.

O vous! à qui je dédie une partie du fruit de mes veilles, puissiez-vous y trouver les avantages que mon cœur s'est pro- mis! Je serai suffisamment récompensé, si vous pouvez un jour dire de moi: *il a aussi servi sa patrie*.

ERRATA.

Pages 39. *Lignes* 7. *Au lieu de* celles. . . *Lisez* celle.

59.	18.	ne veut.	n'attend.
65.	12.	supprimez	un
71.	2.	le.	ne.
86.	7.	Nil. . . .	Nihil.
91.	18.	s'il est esclave.	crois moi, s'il est esclave.
96.	2.	Parma. . .	Creta.
192.	8.	Anaxagorâ.	Andragorâ.
207.	18.	Au travers.	Au travers de
223.	9.	supprimez	qui
240.	7.	Syllas. . .	Scyllas.

Au titre latin de chaque livre. SCELECTA. SELECTA.